ТАЄМНИЦЯ СТАРОГО ЛАМИ

Дорж Бату

ТАЄМНИЦЯ СТАРОГО ЛАМИ

Львів
Видавництво Старого Лева
2021

УДК 821.161.2(73)-32
Б28

Дорж Бату

Б28 Таємниця старого Лами [Текст] : роман / Дорж Бату. — Львів : Видавництво Старого Лева, 2021. — 204 с.

ISBN 978-617-679-888-0

«Таємниця старого Лами» — нова книжка Доржа Бату, в основі якої — реальні події з життя автора та реальні персонажі. Це не просто збірка оповідань про Вчителя, як може здатися на перший погляд. Кожен читач знайде у цій книжці щось своє: для когось ця історія привідкриє таємниці Вчення і буддійського світосприйняття. Для когось вона буде екскурсом у жорстокі радянські часи і покаже, що доля усіх народів, які були загнані в СРСР, трагічно схожа. А для когось вона буде просто неймовірно веселою і сумною водночас, детективною пригодою двох хлопчаків та їхнього старого Вчителя Чімітдоржа-лами.

Неповторну атмосферу книжки доповнюють чудові ілюстрації Ярини Жук і QR-коди з відеороликами.

УДК 821.161.2(73)-32

Каліграфія Алтантуяа Баттулга (Монголія)

© Дорж Бату, текст, 2021
© Ярина Жук, ілюстрації, 2021
© Вахтанг Кіпіані, передмова, 2021
© Таня Омельченко, дизайн обкладинки, 2021
© Видавництво Старого Лева, 2021

ISBN 978-617-679-888-0   Усі права застережено

Вступне слово
Вахтанг Кіпіані

Путін, будь проклятий.

Думаю, що автор книги — мій друг Дорж Бату — найменше очікував побачити ці слова на початку цієї чудесної книжки. Мені випав привілей прочитати її одним з перших. Я провів з книгою цілу ніч. І на ранок просвітлений заснув, але перед тим промовив сам собі оці три слова, з яких почав.

Путін, будь проклятий. Побажання зовсім не оригінальне. Воно звучить в Україні, припускаю, щодня і не раз. Поясню, чому про нього саме тут, у книжці про пригоди двох бурятських хлопців — Доржа і його друга Беліґто.

Якщо запитати пересічного українця, яку асоціацію у нього викликає слово «бурят», то, на жаль, серед перших згадається популярний в інтернеті мем «бурятські танкісти». Це зовсім не весела, втім, тема.

На початку російсько-української війни Кремль кинув у пекло боїв за Іловайськ, Дебальцево та інші наші міста тисячі своїх солдатів. Кілька з них стали «зірками» YouTube і соцмереж. Один з них — бурят Доржі (гм, який збіг) з 5-ї танкової бригади збройних сил РФ зі щеням хаскі в руках.

Ясно, що вигляд цього хлопця та його земляків був мало подібний на написаний російським телебаченням портрет шахтарів, які вийшли зі своїх копанок і пішли воювати проти «українських фашистів» та «київської хунти». Тих бурятів, швидше за все, було не так і багато, але картинка вже існує. Мем аргументами не заперечити.

Звісно, війну веде Москва. У своїх підлих і корисливих інтересах. А люди для Кремля — це ніщо, бо «бабы ещё нарожают». Народам «нацменам» Російської Федерації, як і в попередніх колоніальних війнах, призначена роль розхідного матеріалу. Ворогів не заведено жаліти. Але ж подумайте — десятки народів самі є... військовополоненими російської історії. Деякі з них сотні років воювали за своє право жити на рідній землі самобутнім життям. Всі, хто програли, — або вже втратили себе, або процес денаціоналізації перебуває на фінальній стадії.

Як журналіст я проїхав всю Росію. Від Кубані з її козаками і черкесами до Камчатки з ітельменами, коряками і чукчами. Від вепсів і карелів північного заходу до нівхів, удегейців і нанайців Далекого Сходу. А Поволжя? Ерзя, мокша, марійці, удмурти... А татари? Їм колись московські царі платили ясир й улещували щедрими дарами, щоб тепер відібрати у нації все — від мови до нафти.

А от у Бурятії я не був. Не вистачило часу. А тепер уже й не знати, чи колись буде можливість побачити Байкал — священне бурятське море. Найбільший у світі резервуар питної води. Який тупо вбивають промисловими стоками і браконьєрством.

А буряти — цікавий народ. Довірившись інтуїції і придбавши книгу — ви не тільки проживете кілька життів героїв-хлопчаків та їхніх духовних наставників, але й відкриєте досі незнаний світ їхньої історії, культури і релігії.

Не знаю, як читатимете ви, але я постійно зупинявся. Знаходив невідоме слово чи поняття, а їх у тексті чимало. Ґуґлив. На кільканадцять хвилин заривався у світ буддійських божеств, тамтешньої кухні і природи. Відтак повертався до книжки, поринав з головою у світ Доржі-автора і Доржі-головного героя, щоб потім знову зупинитись і шукати на ґуґл-мапі ідеально кругле озеро Мунген-нуур недалеко від дацану — монастиря, де відбувається дія цієї захопливої історії.

Скажу чесно, кілька разів поривався подивитись у кінець книги і дізнатись, що ж за таємницю розкриють допитливі сміливці. Втерпів. Дочитав й отетерів. Як мало ми знаємо про людей, з якими жили колись у одній «дружній» країні.

Тут можна було б трохи поспойлерити. І тепер я знаю — завдяки Ґуґлові й науковим публікаціям — набагато більше про трагедію бурятів 1930-х років. І тепер розумію не тільки те, як сильно Голодомор змінив українців — тих, хто вижив, — але й наскільки іншими стали буряти після того, що комуністи зробили з ними.

Читайте, друзі! Як і в попередніх книгах Доржа Бату на вас чекає вправно розказана оповідь, гумор навпіл з мудрістю («*Не бійся бути смішним, Доржо. Бути смішним і дурним — це абсолютно різні речі. Краще бути смішним блазнем, ніж дурним, пихатим і пафосним лайном*».) і... вам сто відсотків захочеться випити бурятського зеленого чаю з маслом і сіллю. І ми це з вами зробимо неодмінно. Якщо не просто зараз, то в наступному житті неодмінно. Той, хто працює над собою навіть тоді, коли не дуже хочеться, отримує шанс на нірвану. Повірте старому ламі.

ᠡᠨᠡ ᠡᠨᠡ ᠡᠨᠡ ᠡᠨᠡ
ᠴᠦ ᠴᠦ ᠴᠦ ᠴᠦ
ᠪᠠᠢᠢᠨ᠎ᠠ ᠪᠠᠢᠢᠨ᠎ᠠ ᠪᠠᠢᠢᠨ᠎ᠠ ᠪᠠᠢᠢᠨ᠎ᠠ᠃

Хөлөө алдсанаар
Замаа алдана.
Хэлээ алдсанаар
Амиа алдана.
Бичгээ алдсанаар
Байдагаа алдана.

Утративши ногу —
Утратиш дорогу.
Утративши мову —
Загубиш життя.
Утратиш писемність —
Зникне буття.

(бурят-монгольська мудрість)

ПРОБУДЖЕННЯ

За ніч грубка вистигла, й тепер, якщо висунути з-під ковдри голову, мерзло лице. А якщо вкритися з головою — можна задихнутися. І сяк не так і так не сяк. То пірнаючи під пухку перину, то виринаючи й хапаючи повітря ротом, наче риба, можна було дотягти до ранку. А далі починалось уже вкрай неприємне. Вилізати з-під ковдри рано-вранці — це те саме, що пірнути в холодний Байкал. Навіть у найгарячіші дні це найглибше у світі озеро не прогрівалося вище п'ятнадцяти градусів. Але й така температура вважалася розкішною для купання.

Я рвучко відкинув ковдру й став босими ногами на холодну підлогу. Сон мов рукою зняло.

«Сьогодні я черговий. Сьогодні я перший!»

Клацаючи зубами, я поспіхом натягував на себе одяг, який завжди акуратно складав на стільці. Беліґто, мій шкільний товариш, радив тримати одяг у теплій постелі. Але я не міг тулитися з одягом, наче в кублі, тому й мучився щоранку.

Лютнева ніч жбурнула мені в лице тисячу гострих голок. Вони проникли в ніс, обпекли губи й розсипалися в горлі. Надворі було всього 35 градусів нижче нуля і сильний вітер. Доволі звична погода в цей час. Я намагався дихати тільки носом, але при кожному вдиху ніздрі змерзались і ніс закривався, геть як у нерпи¹. Шлях від будиночка номер чотирнадцять до головних воріт я подолав хвилин за п'ять. Переважно це забирає в мене хвилин п'ятнадцять, бо по дорозі я витріщаюся на всі боки, гукаю друзів, ловлю ґави, а то й біжу назад, бо забув щось важливе. Але не сьогодні. Через п'ять хвилин я був уже на місці й одчиняв маленькі дверцята, що вели на другий поверх брами.

А там на товстих промаслених, щоб не гнили, канатах висів здоровезний брус із твердої, мов камінь, модрини. Схопившись руками за канати, я почав той брус розгойдувати. Вдавалося мені це погано, бо брус був разів у десять важчий за мене, а ноги в унтах з оленячої шкури ковзали по підлозі.

Нарешті через хвилину чи дві важкої боротьби пролунало: «БАМ-м-м-м-м-м!». Брус одним кінцем ударив у бронзовий дзвін, підвішений на східній стороні брами. На годиннику була п'ята ранку.

«БАМ-М-м-м-м-м-м!» — несподівано гучний звук тараном розгатив морозне повітря. Здавалося, що його аж видно — як ото кола на поверхні води, тільки це були не плоскі кола, а сфери. «БАМ-М-М-м-м-м-м-м!» Буддійський монастир *Гандáн Даши́ Чойнхорлі́н*² неохоче прокидався після холодної лютневої ночі.

---

[1] Нерпа — *Pusa sibirica*, або *«байкальська нерпа»*. Єдиний у світі вид тюленя, який живе у прісних водах озера Байкал. Один з трьох прісноводних видів тюленів на планеті.

[2] *Гандáн Даши́ Чойнхорлі́н* (དགའ་ལྡན་བཀྲ་ཤིས་ཆོས་འཁོར་གླིང་, *Dga' ldan Bkra shis Chos 'khor gling* — тиб.; *Тугэ́с Баясгалантáй Улзы́ Номо́й Хурды́н Хийд* — бурят-монг.) — «Колиска Колеса Вчення, Що Приносить Щастя і Сповнене Радості». Буддійський монастир у місцевості Верхня Іволга, за 36 кілометрів од Улаáн-Удé. Бурят-монгольські племена *ехірі́т* і *булагáт*, які заселили цю долину в XVIII столітті, назвали її *«Эбилгэтэ́»* («Благодатна»). Згодом у російських документах назва трансформувалася спочатку в *«Эбилгэ́»* та *Іва́лга*, а згодом в *Іволга*. Нічого спільного з назвою пташки цей топонім не має.

ДОРЖ

Мене звати Дорж. Я не такий малий, щоб мені зав'язували шнурки, але й не такий великий, щоб бути геть самостійним. Звісно, це залежить од того, що саме розуміти під словом «самостійний». Я сам обираю, що мені їсти на сніданок, але дорослі вважають, що я іще малий, щоб обирати, ким мені стати. Батьки хотіли б, щоб я став професійним музикантом, як вони самі і як мій *наґасá*¹. А я хочу стати пожежником. Яка в них крута форма й червоні машини! І які красиві білі шоломи з номерами й захисним склом!

Та мені всього одинадцять, і я *хубарáґ*² у буддійському монастирі. Не бійтеся, нічого страшного в цьому нема — бо що страшного в тому, що в мене брита голова і я навчаюся деяких премудростей у мого *баґшá*³ Чімітдоржа-лами.

---

¹ *Наґасá* (бурят-монг.) — дід по материнській лінії.

² *Хубарáґ* (бурят-монг.) — послушник, учень-новачок у буддизмі. Хубарáґи живуть на території монастиря, в будинках лам (ченців). Традиційно послушники вивчають буддійську філософію, східну медицину, етнографію, тибетську, старомонгольську і бурят-монгольську мови, а ще буддійський іконопис (*тахн'кологію*), основи тантризму (*Ваджраяна*) і медитацію. Хубарáґи, як і ченці, голили голови на ознаку відокремлення від мирського життя.

³ *Баґшá* (бурят-монг.) — учитель, духівник.

Крім мене й нашого наставника, в будиночку номер чотирнадцять живе ще мій друг і поплічник Беліґто. Беліґ на рік за мене старший, а з вигляду — на всі п'ять, бо він мовчазний і серйозний, не те, що я. Я не мовчазний, скоріше навпаки. Батьки кажуть, що в мене не язик, а помело. Не розумію, чому? Мій язик не схожий на мітлу чи на віник. Вічно ці дорослі собі щось придумають. Вигадають якусь нісенітницю, а пояснити її як слід не можуть.

Нещодавно чув на ґанку *Цогче́н-дуґа́ну*¹, як дві жінки, які ще хвилину тому старанно молились, перемивали кістки тітці Дулмі: «Диви, Дулму́шка вирядилась, наче на свято! Звичайний день, а вона хоче здаватися найкращою за всіх! А в самої син дурник!». Мені було дуже образливо, бо Будда не схвалює, коли лихословлять, а із сином тітки Дулми, Вовкою, ми дружили. Ну то й що, що в нього синдром Дауна? Мій Учитель говорить, що це тільки зайва хромосома. Якщо чесно, я не дуже добре уявляю, що воно таке «хромосома», але насправді Вовка аж ніяк не дурник, а скоріше новий вид людини — дуже доброї і надзвичайно сильної, бо сили в його руках було стільки, що він міг розірвати залізну підкову! Вовка ніколи нас не кривдив, завжди був веселий, а коли хтось сумував, намагався його розсмішити. А ще він ніколи не шахраював у іграх і завжди був чесний. Ми не давали його ображати, а якщо до нас на вулиці чіплялась якась шпана, то ми кликали його на допомогу. А дорослі? А дорослі, які, здавалось, мали б учити нас кращого, говорили: «Чого ви граєтеся з тим дурником? Будьте обережні з Вовкою, бо він розумово відсталий». Завжди ці дорослі собі щось придумають. Самі вони розумово відсталі!

---

¹ *Цогче́н-дуґа́н* (бурят-монг.) — головна будівля монастиря, або ж дослівно: «Дім загальних зборів».

Я живу в монастирі, як і інші хлопчаки буддійської школи. Вона в нас одна на всю Бурят-Монголію[1], і там навчаються хлопчаки перед вступом до Буддійського інституту, що його, як обіцяє наш *хамбо́*-лама[2], незабаром відкриють. А поки що наші майбутні лами навчаються у Монголії чи Індії.

Монастир наш розташований не на гірській вершині десь у Гімалаях, а всього за тридцять шість кілометрів од Улаа́н-Уде́. Що таке Улаан-Уде? Дивна назва, еге ж? У перекладі з бурят-монгольської «Улаа́н» означає «червоний», а «Уда́» — назва річки, що впадає в іншу річку, яка зветься Селенга́. А вже Селенга, у свою чергу, впадає в холодний і глибокий Байкал.

Наш монастир не має високих мурів, які б відокремлювали нас од зовнішнього світу, та й відокремлювати, власне, нічого — головний храм Цогчен-дуган, ще зо два невеличкі храми, бібліотека старовинних книг, готель для паломників та оранжерея з деревом *бо́дхі*. Уявіть собі, його виростили з гілки того самого дерева у Бо́дх-гаю, під яким царевич Сіддга́ртха Шак'яму́ні отримав просвітлення і став Буддою!

Крім того, просто на території монастиря стоять невеличкі будиночки, в яких живуть буддійські священнослужителі лами та їхні учні хубара́ги, тобто ми.

---

[1] *Бурят-Монгольська АРСР* — так до 1958 року йменувалася республіка *Бурятія*. 1937 року, при розділенні Східносибірської області, були утворені Іркутська й Читинська області, а від БМАРСР відірвали історичні регіони *Усть-Орда́* (увійшла в склад Іркутської області) та *Ага́* (увійшла в Читинську). Того ж року було ухвалено нову конституцію БМАРСР. Розчленування республіки, як і її перейменування, відбулося за принципом звичного в радянські часи «партійного голосування», без консультацій з громадськістю і вченими. Опозиційно налаштована бурят-монгольська інтелігенція часто вживала назву «*Бурят-Монголія*».

[2] *Хамбо́*-лама — верховний лама буддійської громади — *Са́нгхи*. У 1991 році в монастирі *Даши́ Чойнхорлі́н* відкрили Буддійський університет, де учні могли продовжувати навчання. Лише 1999 року університет отримав ліцензію вищого навчального закладу.

Учитель розповідав, що до того, як на наші землі прийшла радянська влада, в Забайкаллі існувало 47 великих монастирів з тисячами ченців та послушників. Більшовики позакривали їх усі до одного.

Наш монастир відкрився десь так 1945 року, і тоді ченців, які ще пам'ятали ритуали та служби, лишалося дуже мало. Чімітдорж був один з них. А ще...

Ой, щось я заговорився. А мені ще грубку топити й заварювати чай.

УЧИТЕЛЬ

Мого Вчителя звати Чімітдорж-лама. Я не знаю, скільки йому років, але він схожий на стару й мудру черепаху. Завжди неквапливий і спокійний, говорить він тихо й так повільно, що мені іноді кортить його штурхнути, перевірити, чи він, бува, не заснув.

Народився багша дуже давно, коли бурят-монголи не знали, що таке автомобіль і колгосп, коли чоловіки носили довгі коси на потилиці й довгі гострі ножі «*хутагá*» на поясі. Словом, років йому було стільки, що він і сам не пам'ятав, тільки сміявся й казав, що не роки роблять людину розумною, а знання.

А щодо знань, то Вчитель міг перевершити будь-кого, бо він був *емчі*[1] — так у нас називають лам-лікарів, які знаються на традиційній тибетській медицині. Чімітдорж-лама був такий відомий, що до нього приїжджали пацієнти здалеку й навіть з-за кордону! Я й місць таких не знаю, з яких до нього приїжджали. І кожного він мав вислухати, заспокоїти й вилікувати.

---

[1] *Емчі* (бурят-монг.) — цілитель, лікар.

Спитаєте, чого раптом люди їхали в монастир поговорити про своє здоров'я? Ну, річ у тому, що буддійські *дацáни*[1] в наших землях були чимось на зразок... Школи, інституту, лікарні, наукового центру і храму одночасно.

Захворів? Іди в монастир до *емчі*-лам. Треба дати ім'я дитині або дізнатися, чи варто вирушати в далеку дорогу? Тоді вам до лам, які звуться *зухрайші*[2]. Турбують питання про те, хто ми, для чого живемо і як володіти своїм тілом? Тоді вам до філософів-практиків із *Чойрá-дугáну*[3].

Ми з Беліґто мешкали разом з Учителем на території монастиря, в будиночку номер чотирнадцять, який мав три кімнати й кухню. Велика кімната була нам за навчальну, в другій стояли наші ліжка, а в третій зберігалися медичні книги та ліки — різні настоянки й суміші.

Сказати, що нам було нудно зі старим, — значить збрехати. Ми, два малолітні дурники, розважались як могли.

Якось ми взяли новомодний степлер і зашили старому на його жовтому монашому *дéелі*[4] рукава майже під пахвами. Чімітдорж зранку довго не міг зрозуміти, чому не може потрапити рукою ні в той, ні в той рукав, і тільки вертів свій

---

[1] *Дацáн* (རྒྭ་ཚང་, grwa tshang — тиб.; *дацáн, хийд* — бурят-монг.) — у бурят-монгольській традиції: монастир-школа, або університет. У Тибеті «*дацанами*» називали окремі факультети.

[2] *Зурхайші* (бурят-монг.) — астролог. «*Зурхáй*» — монгольська астрологія, що базується на математиці, біологічних циклах, спостереженнях за природою і людською поведінкою.

[3] *Чойрá-дугáн* (бурят-монг.) — факультет буддійської філософії у монастирі *Даші Чойнхорлін*.

[4] *Дéел* (бурят-монг.) — традиційний одяг монгольських народів, у буддійських священників школи *Гелýг* зазвичай жовтого кольору. Поверх нього носиться червона накидка, яка називається *орхімж*, — прямокутна смуга вовняної тканини завдовжки три об'єми стегон і завширшки від пахв до литок. Її драпірують поверх деела, залишаючи відкритим одне плече, а кінець закидають за спину, покриваючи друге плече.

одяг, підносячи його до очей. А ми в цей час заливалися дурнуватим сміхом.

Або ж якось ми підклали в його *гутули*[1] по сирому курячому яйцю. Багша зранку натягує гутули на ноги — крак! І яйце в чоботі розтікається. За стіною — сміх. Ми, два дурноверхі, тішимося зі своєї витівки.

Чімітдорж ніколи нас не лаяв. Ніколи кривого слова в наш бік не говорив, хоч інші радили йому серйозно нас провчити. На що Вчитель гойдав голеною головою і відповідав: «Знання, вбиті силоміць з однієї сторони, з такою самою силою вилітають з другої». Найбільше, що він міг собі дозволити, це докірливо погрозити нам сухорлявим пальцем. Неймовірно, але це діяло на нас ефективніше, ніж будь-яка найстрашніша кара. Щоправда, ненадовго.

Ще однією особливістю старого лами було те, що він говорив мало й точно. Його некваплива й тягуча бурят-монгольська діяла на мене магічно — коли охолоджувала запал, а коли тепло й м'яко підтримувала.

У хвилини, коли я бував аж надто задоволений собою, мій мудрий Учитель бурчав собі під носа: «Не варто дуже захоплюватися своїм успіхом. А то може статись так, що твоє зображення в дзеркалі подобатиметься людям більше, ніж ти сам».

Одначе коли після чергової втрати мені бувало дуже погано й боляче, коли я нічого не міг і нічого не хотів, мудрий монах Чімітдорж-лама поїв мене міцним зеленим чаєм з жирним молоком та сіллю й казав так: «Відпускай те, чого не можеш відпустити. Не шкодуй за тим, що для тебе найдорожче.

---

[1] *Гутули* — традиційні шкіряні бурят-монгольські чоботи зі загнутими носами. За легендою, загнуті носи в *гутулів* для того, щоб не завдавати шкоди землі, яку монголи вважали священною.

Терпи те, чого не можеш витерпіти. І якщо ти після цього залишишся живий, ти будеш по-справжньому вільний».

Коли через багато років по тому мені було страшно наважитись поїхати з батьківщини, де я фактично покидав усе: батьків, рідних, друзів і дім, мудрий мовчазний монах погладив мене, тоді вже дорослого дядька, по голові й сказав: «Ми — ті, ким ми себе бачимо. Якщо в житті тебе щось не влаштовує, треба щось міняти. Хочеш змін? Роби їх. Але пам'ятай: щоб народитися знову, спочатку треба вмерти. Не бійся смерті. Бо за нею буде нове життя».

Утім, коли я, вдячний за науку, виконав перед Учителем буддійський ритуал земного поклону, Чімітдорж-лама незадоволено пробурчав: «Ти ще отам поваляйся, біля дверей, у мене там якраз брудно, то хоч якась буде користь з твоїх поклонів».

Я не розумів більшої частини з того, що говорив мені Вчитель. А він сміявся й гладив мене по голові.

«Ти, головне, запам'ятай, — казав. — А зрозумієш потім».

Так воно й вийшло.

БЕЛІҐТО

Зі мною в лами Чімітдоржа вчився мій друг дитинства Беліґто. Він, на відміну від мене, був дуже серйозний і зосереджений. Виріс Беліґто там само, звідки і я родом, — у Кижинги́нському степу, і був, як усі кижингинці, неквапливий, мовчазний і незворушний.

Поза монастирем ми жили своїм хлопчачим життям з іграми, пригодами, пристрастями й драмами. Хіба що завжди уникали бійок.

Тобто я уникав, бо був схожий на глиста в скафандрі, а кремезний і дужий Беліґ був миролюбний, як новонароджена панда.

— Ти, лисий! — якийсь пацан, вигляд якого не обіцяв нічого доброго, кинув у Беліґто камінчиком і влучив у потилицю. Ми зібралися в місто й сиділи на зупинці, де й спіткала нас ця прикра ситуація.

Беліґто навіть не поворухнувся.

— Ти, лисий, ти чьо?! Я тєбє, тля, ґаварю, аує!

Я аж закляк, п'ятою точкою відчуваючи, що попереду нас нічого доброго не очікує.

— Чьо у тєбя ґалава, как жопа?! — не вгамовувався розбишака.

— Я хубараґ. *Оройдо́о ши яажá байнáбши, бэеэ́ барийш у́гы юддоо́*[1], — спокійно відповів Беліґ, не обертаючись.

— Што?! Кто?! Анудісуда! — нахаба явно не розумів бурят-монгольської.

— Сам підійдеш.

Така зухвалість з боку Беліґ'то неабияк розлютила хулігана. Він цикнув слиною крізь зуби й підійшов.

Хлопчисько був середній на зріст і худорлявий. Але, як часто буває, зріст і вагу такі розбишаки з надлишком компенсують нахабством та нарваністю. Він був явно не місцевий, і саме це його тримало в напрузі: щоб ніхто, бува, не накинувся на нього перший, хлопець був готовий накинутись на першого, хто трапиться йому на очі. Так сталося, що трапилися ми.

— Ти чьо, сука, такий борзий?

Тільки тоді Беліґ обернувся й спокійно подивився у вічі кривдникові. Спокійний погляд, широкі плечі, велика кругла голова й міцні руки збентежили пацана, і він вирішив відступити на крок.

— Ти чьо, боря́вий[2], штолі?!

— Я хубараґ.

— Чьо? Ти чьо такий борзий, а?! — чувак збагнув, що явно переоцінив свої можливості, й про всяк випадок відступив іще на крок.

— Я хубараґ, — укотре спокійно повторив Беліґ і раптом вказав на пацанову ліву руку, яку той вийняв з кишені й стис у кулак. Великий палець червонів запаленням, ніготь

---

[1] — Що ти витворяєш, ану вгамуйся (бурят-монг.). — *Тут і далі герої розмовляють кижингинським діалектом. За допомогою QR-кодів ви можете послухати, як звучить бурят-монгольська.*

[2] Борявий — образливе прізвисько для спортсменів-борців.

до половини почорнів, і з-під нього сочилася сукровиця з гноєм. — Болить?

Хуліган явно не очікував такого повороту подій і аж рота роззявив.

— Нє твайо дєло, тля!

— Я можу зробити, щоб не боліло, — Беліґ зосереджено дивився на палець. — Ти його чимось прищемив?

Хуліган уже не здавався таким страшним, бо людина з червоним пальцем і синім нігтем не може викликати страх.

— Молотком хєракнул.

— Учора?

— Учора.

— Ходімо з нами, — коротко наказав Беліґ і покрокував назад, у монастир.

Хуліган спантеличено поплентався за нами. Тепер ситуацією керував Беліґ.

Через годину ми втрьох повернулися на зупинку. Хуліган з перебинтованим пальцем мовчки сидів між нами і, здавалось, розв'язував якусь складну задачу всесвітнього масштабу. Насправді він просто відчайдушно намагався усвідомити те, що сталося. Чому жертви, замість тікати чи битись, допомагають.

— Лан, пацани. Ви ето, ізвіняйте, што я тут наєхал на вас.

— Буває, — філософськи зауважив Беліґ.

— В слєдующій раз, єслі кто так пригать будєт, ти сразу в пятак давай.

— У мене свої методи.

— Ну лана, как знаєш. Удачі, братва!

Чімітдорж-лама завжди казав нам: «Тим, хто ображає, насправді набагато гірше, ніж тим, кого вони намагаються образити».

ТАЄМНИЧИЙ НАПИС

Ми з Беліґто, як уже я й казав (ану ж хто забув), послушники при буддійському монастирі. Ми встаємо раніше за ченців, розпалюємо вогонь, готуємо їсти, прислужуємо на *хуралах*[1], вивчаємо бурят-монгольську, монгольську й тибетську мови, старомонгольське вертикальне письмо *«бічіґ»* та багато інших дисциплін, а потім, у звичайній школі — решту предметів, таких, як ота математика, в якій я, якщо чесно, нічого не тямлю.

Крім усього, що ми вивчаємо, ми ще й неабияк цікавимось тим, що діється навколо. Хоч це ми так називаємо: «Цікавимось». Дорослі зазвичай кажуть, що ми «пхаємо свого носа, куди не просять».

Цього разу ми запхнули свого носа в таку халепу, що годі й уявити!

Усе почалося одного чарівного дня, за три дні до буддійського Нового року, коли я лежав на ліжку з книжкою і закидався печивом. Була в мене така погана звичка — коли я читав, то обов'язково мусив щось гризти: яблуко, печиво чи

---

[1] *Хурал* (монг.) — збір. 1. Богослужіння у буддійських храмах. 2. *«Их Хурал»* (монг.) «Великий Хурал» — Парламент у Монголії.

хоч сухарика. От не міг я без цього. І не те щоб мене мучив голод — скоріше навпаки. Але гризти щось під час читання — це неодмінно!

— Доржо, знов ти щось жуєш, наче корова! Кидай своє печиво, ходімо зі мною, я тобі щось покажу! — Беліґ'то зайшов з морозу, вибиваючи з чобіт сніг.

— Зараз, тільки куртку накину...

— Та нащо та куртка, всього мінус тридцять! І так добіжиш!

Сказано це було тоном, геть не схожим на манеру спокійного Беліґ'то.

А якщо мій товариш не був схожий сам на себе, то це означало тільки одне — треба було все кидати й бігти на морозі, куди він скаже.

Від нашого будиночка до Цогчен-дуґану заледве двісті метрів, тож Беліґ, зрештою, мав рацію — навіть у такий лютий мороз, якщо швидко ворушити ногами, то можна перебігти й без куртки.

Напередодні *Саґáалґану*[1] в монастирі було багато народу, головний храм Цогчен готували до святкового хуралу *Дугжýуба*[2], лами й старші хубараґи зводили два великі вогнища — в одному спалюватимуть біди й нещастя громади,

---

[1] *Саґáалґан; Саґáан Сар* (бурят-монг.) — «Білий Місяць», Новий рік за монгольським місячним календарем. Святкування Нового року в монгольських народів припадає на період між кінцем січня й серединою березня. Щороку дату зустрічі Нового року за місячним календарем обчислюють за астрологічними таблицями.

[2] *Дугжýуба* (монг.; དགུ་གཏོར་, *dgu gtor*, «Гутор» — тиб.) — дослівно означає число «60», але насправді цей обряд символізує 64 підношення для вигнання 64 тисяч злих духів. Проводиться 29-го місячного дня перед Новим роком. Завершується хурал ритуальним вогнищем, де спалюють «*сóор*», тобто підношення божеству смерті Ямі — повелителю пекла й верховному судді загробного світу.

а в другому ченці палитимуть «*сóор*»¹. Беліґто затяг мене в храм і одразу повів у праву вівтарну частину. Там, на східній стіні, майже впритул до вівтаря, висіла невеличка *тх̱áнґка*².

Присягаюсь, я її не помічав раніше — така вона була мала й непримітна. На ґрунтованому аркушику паперу, нашитому на бавовняну основу завбільшки як учнівський зошит, різнокольоровими мінеральними фарбами було намальовано щось схоже на мапу. Поряд виднівся тибетський напис. Ось він:

ཁ་དོག་སྔོན་པོ་དང་དམར་པོ་བསྣོལ་མཚམས་ནས་མགོ་རུས་མ་རྙེད་པར་གཏིང་ལ་རྐོ་དགོས།

— Ну, зможеш прочитати? — Беліґ тицьнув у напис пальцем і загадково всміхнувся.

Я не міг похвалитися відмінним знанням тибетської, бо тільки почав її вивчати. Але це був не нудний урок, і не завдання з підручника, а якась захоплива пригода. Яка саме, я ще не знав, але мені так кортіло дізнатися, що я почав бурмотіти під ніс: «*Кха дог нґон-по данґ мар-по...*»³. Далі йшло якесь «нол цамс», і аж потім я побачив слово «го-рус».

— Череп!

---

¹ *Сóор* (тиб.) — невеличка пірамідка з трьома гранями, обрамлена язиками полум'я. На вершині череп — символ мудрості. Пірамідка як підношення символізує відмову від усього поганого, негативних думок, слів і вчинків.

² *Тх̱áнґка* (ཐང་ཀ, thang ka — тиб.) — сувій. У тибетському мистецтві зображення переважно релігійного змісту. Виконується в традиційній техніці розпису на ґрунтованому папері чи на бавовняній тканині з використанням мінеральних фарб на основі різнокольорової крейди та клею. Застосовується також і метод ксилографії (друку) на шовку чи іншій тканині.

³ ཁ་དོག་སྔོན་པོ་དང་དམར་པོ་བསྣོལ་མཚམས་ནས་མགོ་རུས་མ་རྙེད་པར་གཏིང་ལ་རྐོ་དགོས། (тиб.) у транслітерації за методом *Вайлі* виглядає так: «kha dog sngon po dang dmar po bsnol mtshams nas mgo rus ma rnyed par gting la rko dgos».

— Череп!.. — прошепотів Беліґ, і в мене по спині побігли мурашки.

— Що це означає? *«Кха доґ нґон-по данґ мар-по»* — «Там, де перехрещується червоний і синій?»[1]

— Правильно, а що далі? — підбадьорив мене Беліґ.

— «Ґо-рус»... Череп! А це що, «копати»?!

— Так. «Там, де перехрещуються червоний і синій, копати, доки не знайдеш череп».

— Ти жартуєш, — я недовірливо примружився.

— До чого тут я? — мій товариш хитнув головою в бік тханґки. — Бачиш, що тут написано?

— Що за чортівня?! Беліґ, що це?!

— Це мапа. І ми знайдемо цей череп, хоч би там що!

---

[1] སྔོན་པོ་ (*sngon po* — тиб.) — синій; དམར་པོ་ (*dmar po* — тиб.) — червоний; མགོ་རུས་ (*mgo rus* — тиб.) — череп.

АЙБОЛИТЬ-ЛАМА

Чому череп? Нащо він нам здався? І чи то взагалі череп, а не щось інше? Наприклад, мертвяк? Після того як Беліґ'то показав мені цю тханґку, спокій вивітрився з моєї голови, мов ранковий туман. Ми не знали, що це за мапа і які таємниці вона приховує. Одне знали точно — ми повинні знайти той череп. От тільки для чого, ми не знали.

— Доржо, Беліґ, ми починаємо прийом пацієнтів, приберіть приймальню і приготуйте чай! — Чімітдорж-лама вийшов зі своєї кімнати. На ньому були круглі окуляри в металевій оправі — їм було стільки ж років, скільки й самому Вчителеві. Надівав він їх тільки на прийоми й був схожий у них монгольську версію доктора Айболитя.

Айболить-лама всівся за стіл і приготувався до прийому.

— Доржо, запрошуй відвідувачів і пропонуй їм чаю.

Цього разу в приймальні чекала молода сім'я. Стривожені батьки тримали на руках дівчинку років чотирьох. У малої сильно боліла спинка, й чомусь традиційна, тобто офіційна медицина не могла зрозуміти, в чому проблема. Лікарі футболили бідолашну дитину один до одного й ніяк не могли поставити діагноз. Тому батьки, як це в нас часто бувало, повезли дитя в монастир, до лами.

Дитина, що вперше побачила *емчі*-ламу в червоно-жовтому монашому вбранні, злякано відверталась і ховалася за матір — вона просто не впізнала монгольського Айболитя. Чімітдорж усміхнувся.

— Принеси мені шкарпетки, — звернувся він до мене. — Тільки чисті.

Я приніс. Чімітдорж-багша одразу причепив їх собі по боках голови так, що шкарпетки стали нагадувати собачі вуха. Бачите, буддійські монахи голять голови, і тканина до голеної шкіри прилипає, як «застібка-липучка». Коли багша став схожим на дещо дурнуватого, старого й добродушного висловухого пса, дівчинка заспокоїлась і почала всміхатися.

Під час огляду й діагностики маленьку мов підмінили — від переляку не залишилося й сліду. Чімітдорж щось тихо розповідав дівчинці, а та хитро поглядала на нього й весело сміялась.

Уважно оглянувши дитину, старий лікар діагностував килу Шморля, яку не змогли визначити навіть хірурги Республіканської лікарні. Це незвичайна грижа. На відміну від звичайної міжхребцевої, яка випадає назовні, ця випадає в просвіт хребтового каналу, тобто всередину, і через це її надзвичайно складно діагностувати.

Але Чімітдорж мав такий талант у пальцях, коли за пульсом, а саме за широтою й силою хвилі, він визначав, що коїться в тілі пацієнта. Ніхто не знав, як це працює, хоч сам багша спокійно стверджував, що ніякої магії тут немає, а є лише спостереження за організмом і аналіз отриманих даних. Крім того, Чімітдорж не нехтував і доказовою медициною. Він дружив чи не з усіма видатними хірургами й терапевтами і завжди консультувався з ними, а ті, у свою чергу, з ним.

— Беліґ, Доржо! Знаєте, чим відрізняється тибетська медицина від європейської? — спитав був якось Чімітдорж.

— Чим, чим? — у відповідь спитали ми.

— Тим, що тибетці ходили до лікаря регулярно — хворі вони чи ні, тож лікарям було простіше спостерігати за пацієнтом, запобігати багатьом хворобам або ж ловити їх на самому початку. А європейці зверталися до лікарів аж тоді, коли вже вкрай припече. Тому в тибетців і монголів медицина була превентивна, тобто попереджувальна, а в європейців — ургентна, тобто невідкладна.

— Тому ви відправляєте ургентних пацієнтів одразу в лікарню?

— Авжеж! — кивнув головою Чімітдорж. — Я ж не лікуватиму флегмону прямо тут, у монастирі. Мені здається, що гнійні хірурги впораються з цим набагато краще.

Коли багша докладно пояснив батькам, як саме він лікуватиме дитину, і розписав сеанси, відвідувачі поїхали. А я спитав Учителя, чи не важко йому в такому поважному віці корчити з себе блазня.

Багша тепло подивився на мене й сказав: «Не бійся бути смішним, Доржо. Бути смішним і дурним — це абсолютно різні речі. Краще бути смішним блазнем, ніж дурним, пихатим і пафосним лайном».

ПЕРШИЙ ЗДОГАД

Насамперед треба було з'ясувати, яку місцевість зображено на мапі.

— Де б це могло бути? — я уважно подивився на тханґку й примружив одне око.

— Дивись, це схоже на гори, — Беліґ провів пальцем по реалістично намальованих горах у правій нижній частині малюнка.

— А оце, мабуть, озеро, — я вказав на кругле, мов монета, зображення блакитного кольору з білими гребінцями хвиль у лівій частині.

— Де б це могло бути?

— Ані зачіпки, ні орієнтира...

— Доржо, Беліґ, чого стоїте? Потрібно приготувати чай, зараз почнеться *Сахюусан*[1]!

Отак завжди. Щойно задумаєшся про пошук скарбів, таємничі країни та порятунок світу, як тебе одразу хтось жене робити чай!

---

[1] *Сахюусан-хурал* (бурят-монг.) — щоденне ранкове читання сутр божествам *Сахюусанам* — Гнівним Захисникам і Покровителям (*дхармапáлам*, або *докшúтам*). Зазвичай триває до трьох годин, під час яких ченці роблять короткі перерви на чай.

Ми пішли у свій будиночок, я підклав дров у плиту, а Беліґ дістав велику каструлю, в якій ми варимо чай для ченців, що правлять службу.

— Молоко в нас є?

— Так, принесли ж свіжі криги вранці.

Ви будете сміятись, але молоко ми зберігаємо в кригах. Свіже молоко виносять у посудинах на мороз, а потім витрушують готові криги. Поверхня такої криги нерівна. На поверхні виступає своєрідне жовтувате плато — так мороз виштовхує назовні сметанку.

Ми поклали молочну кригу в каструлю й поставили її на вогонь. Коли молоко закипіло, додали в нього три жмені найдешевшого зеленого чаю, що продавався в нашому магазині без упаковки, в пресованих плитках. Чай цей був і справді копійчаний, сумнівної якості. Ми називали його «чай з дрючками», бо крім листя там траплялись цілі чайні стебла, оскільки косили його комбайном. Коли напій настоявся, ми кинули в каструлю столову ложку солі й пів пачки масла. Беліґ перемішував вариво ополоником, зачерпуючи і виливаючи його назад тоненькою цівочкою. Монголи так роблять, щоб примусити суміш «дихати», наповнюючи її киснем.

Учитель любить додавати ще й підсмаженого ячмінного борошна, а потім пальцями катати з нього кульки. Тоді це вже не чай, а *цáмпа* — тибетська страва, яку дуже любить Його святість Далай-лама XIV. А якщо ще додати баранячого лою і м'яса, тоді це зветься *сýутáй цай* — улюблена гаряча зимова монгольська страва. Взимку зігріває так, що можна ходити в лютий мороз без рукавиць!

Звісно, більшість із вас, хто ніколи не чув про такий напій, скривились би: «Чай з сіллю і з маслом! Фе!». Ну добре — якби ви не захотіли пити таке «фе», ми б для вас заварили «нормальний» зелений чай. «Нормальний» — тобто без добавок. Такий ми також пили.

— Знаєш, чому вранці, перед Сахюусан-хуралом, треба пити тільки чистий, свіжозаварений зелений чай без солі, молока й масла? — спитав мене якось Чімітдорж-лама.

— *Яаґаад, баґша?*¹ Тому що свіжий зелений чай освіжає й тонізує, відкриває чакри, очищає розум, розкриває серце й допомагає встановити зв'язок із сахюусанами?

— Ні, просто від чистого зеленого чаю менше пердиш.

Деякі пояснення бувають прості, як зелений чай.

— Цікаво, чи хтось щось знає про цю тханґку? І про те, яку місцевість там намальовано?

— Треба спитати у Вчителя.

— *Лабмаґай!*² А можна спитати?

— Ні!

— Ну ламбаґай!

— Хе-хе, Доржо, якщо ти щоразу питатимеш у коня, чи можна на ньому поїхати, то щоразу знатимеш, у якому напрямку тобі потрібно буде йти пішки. *Ойлґбо ґу?*

— *Заа, ойлґбо!*³

— Що ти хотів спитати?

— Ламбаґай, у Цогчен-дуґані на східній стіні висить тханґка, така невеличка, знаєте? На ній намальоване щось таке... ніби як мапа.

Чімітдорж не відповів. Він заплющив очі, незворушно сидів і взагалі, здавалося, заснув.

---

¹ — Чому, Вчителю? (бурят-монг.)
² *Ламбаґай* (бурят-монг.) — шанобливе звернення до буддійського лами.
³ — Зрозумів?
— А-а, зрозумів! (бурят-монг.)

— Ламбаґай?

— Я знаю, про що ти питаєш, Доржо, — тихо, однак твердо сказав старий. — Але краще тобі поговорити на цю тему із Содном-ламою.

— Із Содном-ламою? Це той дивак на всю голову? Учитель докірливо похитав головою.

— Та йому сто років, і він завжди мовчить! Скільки його знаю, ні разу не бачив, щоб він розкривав рота! — знизав я плечима. — Хоч я його взагалі бачив разів зо два.

— Содном-лама дуже боїться комах, — з цілковито незворушним лицем сказав раптом Учитель. — Ото й мовчить завжди.

— Серйозно?

— Щира правда, — зітхнув Чімітдорж. — Содном-лама — *ґелóнґ*[1], він дав обітницю не вживати м'яса. Тому й мовчить, бо боїться, що йому в роззявлений рот залетить муха.

У мене самого на мить роззявився рот. Я ошелешено подивився на Беліґто. Він на мене. І тут Учитель вибухнув сміхом. Він сміявся, і його розкосі очі геть загубилися в зморшках.

— Е-е! Баґша, ви такий поважний чоловік, а жартики у вас... — розчаровано протяг я.

— Не будь такий серйозний, Доржо! — не переставав сміятися Чімітдорж. — Будеш занадто серйозний, буде багато жовчі. А у «*Чжуд Ші*» сказано, що «надлишок жовчі спалює сили тіла, бо жовч має природу Вогню, тому вона гаряча»[2].

---

[1] *Ґелóнґ*, або «*бґікшу*» — монах, що дотримується всіх 220 обітниць *Вінаї* — кодексу монаших правил. На відміну від ченців-*ґелóнґ*ів, ченці-*ґецýли* дотримуються тільки 36 правил.

[2] *Чжуд Ші* (རྒྱུད་བཞི་, *Rgyud Bzhi* — тиб.) — «Чотири істини», також «Чотири основи» — філософсько-медичний трактат, виданий у VIII столітті тибетським медиком і перекладачем *Ютóґ-ба Йонтéн-ґонпó (Yutog Yontan Gonpo)* на основі творів індійських авторів *Ваґбаті* і *Чандрананди*.

— Та ну вас! — я роздратовано махнув рукою.

— Запам'ятай, Доржо! Що серйозніше обличчя, то більші виходять дурниці!

Беліґ засміявся.

— Брехати погано!

— Коли як, — раптом посерйознішав Чімітдорж.

І це була щира правда.

БРЕХНЯ І ЗЦІЛЕННЯ

Якось до нас завітала дуже дивна пацієнтка. Це була прима місцевого драматичного театру. Дуже відома, екзальтована й цікава дама.

— Доктор, я же могу називать вас «доктор», правда?

— Ви можете називати мене як завгодно, мадам! — не залишився в боргу Чімітдорж-лама.

Оце «мадам» у виконанні буддійського ченця викликало в мене напад сміху. Багша докірливо подивився на мене, і я, присоромлений, відвернувся.

— Доктор, только ви можете мнє помочь! — дама театрально хапалася за скроні, за серце й дуже натуралістично показувала, як вона задихається уві сні.

Старий лікар провів з нею години три, не менше. Я вже серйозно почав було переживати за цю даму й думав, що назад вона поїде на швидкій.

Протягом усього прийому багша стурбовано хитав голеною головою, подовгу вимірював пульс на обох руках, прикривав повіки й бурмотів молитви. Нарешті пильно втупився в пацієнтку й трагічним голосом проголосив:

— За всю мою практику в мене не було такого складного випадку.

Дама аж дихати перестала. Я злякався, що в неї зараз буде інфаркт.

— Але я таки візьмуся за лікування вашої, гм... хвороби, — Чімітдорж зітхнув.

В очах смертельно хворої пацієнтки зажевріла надія.

— Доктор, я знала, я знала, шо только ви мнє можетє помочь! От мєня всє врачі отказалісь! — православна акторка по-буддійськи склала руки лотосом. — Ето провідєніє мнє вас послало! І что же ми будєм дєлать?

— Гм... — було видно, що старий лама намагався розв'язати якусь дуже важку проблему.

«Напевно, вирішує, як делікатніше сказати пацієнтці, скільки їй залишилося жити», — подумав я.

— Я маю для вас один надзвичайно сильний препарат, — повільно вимовляючи слова, сказав Чімітдорж. — Колись іще мій Учитель привіз його з Тибету.

«Боже, що він верзе?! Він же розповідав, що його Вчитель, Пунцоґ-лама, за все своє життя бував тільки в сусідніх Цуґолі й Тамчі!» — здивувався я.

Але Чімітдорж і далі брехав, мов рибалка після невдалого походу:

— ...Тільки ці ліки вам можуть допомогти! — урочисто закінчив свою «промову» багша.

— Я знала! Я знала, шо ви мєня спасьотє! — ледь не плакала зі щастя жіночка.

«Що ж це за ліки? — ламав я собі голову. — І чому Вчитель їй бреше й не кліпає?»

— *Доржо! Хубуум, ер даа наашаа!*[1] — покликав мене багша. — Там, у кімнаті, візьми в грубці попелу, та дивися, щоб був однорідний, без грудочок, і розфасуй його на сорок

---

[1] — Хлопчику мій, іди сюди! (бурят-монг.)

дев'ять доз, по одній *тун*¹ кожна, — тихенько сказав мені Вчитель бурятською.

«Одне з двох — або багша на старість з'їхав з котушок, або тітка така хвора, що її вже все одно чим лікувати, і попіл з груби теж підійде», — знизавши плечима, я пішов виконувати завдання.

— Приймайте сорок дев'ять днів, щойно зійде сонце, запивайте тільки проточною водою, усуньте з раціону алкоголь, солодке й жирне, тримайте ноги в теплі й на п'ятдесятий день прийдете до мене. Починайте лікування вже завтра!

Незважаючи на «смертельну» недугу, пацієнтка засяяла надією так, ніби щойно народилась.

— Ламбаґай, вона вмре? — обережно спитав я, коли пацієнтка пішла.

— Чого б це? — відповів питанням на питання Вчитель.

— Ну... Ви її попелом годуєте... Це щоб уже ліки не марнувати?

— Та здорова вона, як колгоспний бугай! — усміхнувся Чімітдорж-лама.

— Е-е-е... Тоді чого ж ви так?..

— Вона прийшла до мене по зцілення, — хитро примружившись, сказав старий лікар. — І вона його матиме.

— Але...

— Вона придумала собі якусь смертельну болячку. І її вже хто тільки не переконував. Вона вже у всіх лікарів побувала. Якби я став її переконувати так само як і попередні, то вона б і далі мордувала й себе, й лікарів. А я дав їй те, що вона хотіла, — зцілення.

— І ви безсоромно набрехали, що ваш Учитель, Пунцоґ-лама, був у Тибеті! — засміявся я.

---

¹ *Тун* (тиб.) — тибетська міра ваги, дорівнює приблизно двом грамам.

— Можна подумати, що ти ніколи не брешеш, малий задрипанцю! Ану бігом учитись!

Рівно через п'ятдесят днів іменита пацієнтка припурхала, мов весняний метелик:

— Доктор, ви кудєснік! Ви і ваші валшебниє порошкі меня просто спаслі! Сколько я вам должна за лєчєніє?

— Мені особисто — нічого. Дайте пожертву на монастир, скільки зможете, на ваш розсуд. Зробити це зможете в головному храмі.

«Пацієнтка» розгублено закліпала очима. А Чімітдорж, уважно подивившись на її червоний ніс, додав:

— І виключіть з раціону алкоголь. Зовсім.

ЧЕРВОНИЙ І СИНІЙ

Настав Сагаалган, Новий рік жовтої земляної Змії за місячним календарем.[1] У монастирі вже десяту добу ченці читали *«Монлáм Ченмó»*, або «Великий Монлам»[2]. Ми з Беліґто щодня ходили в Цогчен-дуган до цієї таємничої тханґки і розглядали її знову й знову.

— Гори... — Беліґ провів пальцем по реалістично намальованих горах у правій нижній частині тханґки.

— Озеро... — я показав на ліву верхню частину малюнка, де була кругла блакитна плямка із закрутом, дуже схожим на хвилю. — І жодного населеного пункту.

— Доржо, диви... — Беліґ пальцем показав на край малюнка, що ховався за рамку. — Що це?

— Буква якась виглядає.

Під лівим краєм рамки таки був напис. Чітко читалася хіба літера «ད». Знизу його обрамлювала частина овалу. Далі, під рамкою, був ще якийсь уривок складу.

---

[1] Рік жовтої земляної Змії — 1989 рік.

[2] *Монлáм Ченмо* (སྨོན་ལམ་, *smon-lam chen mo*— тиб.) — Великий молитовний марафон, що триває від другої до шістнадцятої місячної доби першого місяця Нового року. Вперше був проведений у 1409 році засновником буддійської школи Гелуґ Чже Цзонхáвою.

— «По». Якого біса тут склад «по»? — пробурмотів Беліґ.

— А тут, дивись, «мар»! — я тицьнув у склад «དམར», що ледь виглядав з-під правого краю рамки. Під складом була частинка кола.

Беліґ спробував пальцем зсунути рамку трошки лівіше, щоб роздивитися решту.

— Здається, під лівою планкою ховається слово «синій». Дивись! — з-під його пальця виглядав склад «སྔོན». — Ось! Бо якщо до «по» приставити «нґон», буде «нґон-по» — синій!

Беліґто подихав на скло, за яким стояла статуетка богині *Балдáн Лхамó*[1], «дикої, але симпатичної», і написав пальцем: «སྔོན་པོ».

— Тоді «мар» — це частинка слова «мар-по» — червоний!

Я теж подихав на скло і написав: «དམར་པོ».

— Якась маячня, — почухав потилицю Беліґ.

— Тут точно без Содном-лами не обійдешся, — погодився я.

— Еге ж... — сумно зітхнув Беліґ.

Йти до Содном-лами нам, скажемо прямо, хотілося не дуже. Цього відлюдькуватого ченця в нас побоювалися навіть лами. Він був сухий і вузлуватий, мов стара палиця. Завжди мовчазний, монах рідко виходив зі свого будиночка, що стояв край монастиря. З початку п'ятдесятих років, а саме тоді Содном-лама з'явився тут, у дацані, в нього не було ні учнів, ні помічників. Ніхто не знав, що діється у нього в хаті, ніхто не знав, що він їсть, скільки йому років і чим

---

[1] *Балдáн Лхамó* (དཔལ་ལྡན་ལྷ་མོ, *Dpal ldan lha mo* — тиб.) — гнівне жіноче божество, одна з восьми *дхармапáл* — «Захисниць Учення», вона ж «янгол-охоронець» — кому як зручно. Гнівна форма богині *Сарасвáті*. Монголи звуть її «Велика Мати» («*Охíн Тенгри*»). Зображується у вигляді жінки із синьою шкірою, трьома очима й вогняним волоссям. У правій руці дрюк, у лівій — *габала* (чаша, зроблена з людського черепа).

він узагалі займається. Навіть собаки й коти піджимали хвости й ховалися, коли він з'являвся. Тож ми не знали, чи дуже нам треба йти до Содном-лами.

А коли дуже чогось робити не хочеш, то завжди придумуєш собі виправдання, щоб цього не робити. Так було й тепер:

— Що в нас сьогодні на обід?
— *Шулэ́н*[1].
— Зно́ву?!

Учитель одірвався од старовинної тибетської книги і зиркнув на мене крізь примружені повіки. Куточки його рота були опущені, а нижню губу він скептично підібгав, через що одразу став схожий на стару й мудру черепаху.

— Доржо. А що тобі не так? Чим тебе не влаштовує суп?
— Набридло!

Мені й справді набрид цей баранячий суп, який ми їли вже тиждень.

— І що б ти хотів з'їсти замість супу, який тобі набрид? — флегматично спитав Чімітдорж-лама.

— Я хочу *бу́уз*[2]! Гарячих і жирних бууз!

Багша відклав книгу й почав загортати її в шовк. Старі тибетські книги друкували на довгастих аркушах паперу ксилографічним способом — відбитком різьбленої дошки з текстом і малюнками. Потім ці аркуші ніяк не зшивали. Просто складали пачкою і обгортали шовковою тканиною.

Обгорнувши книгу, він устав з тахти, підійшов до плити, зняв з неї закіптюжений алюмінієвий чайник і налив з нього

---

[1] *Шулэ́н* (бурят-монг.) — густий суп з баранини, локшини, дикого часнику та цибулі.

[2] *Бу́узи* — традиційна бурят-монгольська страва — рублений фарш двох видів (частіше — баранина і яловичина) з додаванням цибулі та часнику, загорнутий у тісто й зварений на парі.

чаю в порцелянову піалу. Потім кинув у гарячий чай дрібку солі й кубик вершкового масла. Робив це все старий лама мовчки, ніби обдумував поведінку свого дурноверхого учня.

— Тітка Дулма́ на тому тижні намісила багато тіста. А м'яса залишилось мало. Дядько Цире́н зараз зайнятий розвозом кормів по зимниках[1], Дулма́-*абга́й* сама не зможе зарізати барана, бо в неї й так повно справ. Отож їстимеш суп.

— Не буду! — скривився я.

— Будеш голодний.

— Не буду!!! — я готовий був заплакати.

— Піди, вибери барана, влови, зв'яжи, заріж, зніми шкуру, розбери тушу — матимеш і буузи, і *хошхоно́г*, і *орйомо́г*[2].

Я засопів. От прямо зараз я не вмів. Різати барана мій наґаса мене навчить аж через кілька років.

Чімітдорж хитро подивився на мене.

— Ану візьми свою руку. Приклади долоню до обличчя. Бачиш?

Моя тепла долоня вперлася мені в носа, я відчував на ній своє дихання.

— Бачиш? — перепитав мене багша. — А тепер укуси її!

Укусити власну долоню виявилося не так просто. Точніше, взагалі неможливо.

— Бачиш? Ніби близько вона, а не вкусиш, — сказав старий монах.

Я засміявся.

— І чого ж тебе навчив цей урок? — *емчі*-лама хитро примружився.

---

[1] Зимник — зимова кошара для худоби.

[2] *Хошхоно́г* — внутрішній жир, діафрагма й очеревина, порізані смужками й зварені в товстій кишці; *орйомо́г* — легені, очеревина і внутрішній жир, порізані смужками, обв'язані тонкою кишкою і зварені.

— Що не можна мати все, що захочеш, навіть якщо воно близько!

— Дурник, — спокійно сказав Вчитель. — Краще, ніж клацати тут зубами в безнадійних спробах укусити власну долоню, пішов би й зарізав барана.

— Я ще не вмію!

— Жерти захочеш — навчишся. Тітка Дулма́ вміє, вона б тобі допомогла. Усе в твоїх руках. Ніж сидіти й думати, що від тебе нічого не залежить, краще пішов би, навчився й зробив.

«Якщо чогось хочеш — роби! Не можеш — навчись! Але якщо не хочеш навчитись, значить не дуже ти цього й прагнув».

І тут я зрозумів, що до Содном-лами таки доведеться навідатись.

СТРАЖДАННЯ ХЕРНЕЮ

Халепа приходить тоді, коли її не чекають.

Я був страшенно засмучений — мій новенький касетний плеєр став жувати плівку. Я зіпсував касету з альбомами «Revolver» на одній стороні і «Rubber Soul» на другій. Чи то причина була в касеті, чи в китайському касетнику з підозрілою назвою *Consul*, не знаю. Але касета була зіпсована. Хотілось плакати і злитись одночасно. Я сидів на ґанку й душився з розпачу.

— Доржо, а ти знаєш, що «страждати хернею» — це чисто буддійський вислів? — поряд зі мною сів Чімітдорж-лама.

— Ні, — буркнув я і відвернувся.

— Ну ти зараз геть як Будда! — засміявся багша. — Той так само переживав, коли несподівано дізнався, що у світі існують смерть, хвороби, страждання й старість.

— Я знаю, — чомусь переживання царевича Ґаута́ми мене тієї миті цікавили якнайменше.

— Будда страждав хернею, — заявив буддійський монах. І засміявся.

Такий поворот раптом звеселив і мене. І неабияк спантеличив. Ну як так можна говорити про засновника Вчення? Про того, хто запустив колесо Дха́рми?

— І що, він дуже страждав?

— Ще й як! Проте в процесі страждання він зрозумів деякі речі.

— Які?

— Що можна хернею не страждати, — всміхаючись, сказав Учитель.

Я не витримав і зареготав. Чімітдорж теж засміявся.

— Будда страждав хернею, коли дізнався, що існують смерть, хвороби, страждання й старість. Потім він страждав хернею, коли сидів у холодній і брудній ямі з аскетами і вважав, що, знищуючи власне тіло, він позбудеться цієї херні. Аж доки не отримав просвітлення.

— А що інші Вчителі?

— Інші так само. І *Цзонхáва* страждав хернею, і *Тілóпа*, і *Наропа*. А якою хернею страждав *Міларéпа*[1], я взагалі мовчу.

— Тобто я зараз теж страждаю хернею?

— Саме так! — ми реготали уже вдвох.

— Але касети й плеєра все одно шкода. Вам добре, це ж не ваш плеєр, — я замовк і тяжко зітхнув.

— Отож! — старий лама підняв пальця вгору, ніби хотів тицьнути самого Будду. — Життя — це страждання. Так навчав Будда? А що породжує страждання? Недосяжність бажань і прив'язаності. Наприклад, ти хочеш повернути все, як було, і не можеш. Як наслідок — страждаєш. Або,

---

[1] *Тілóпа* (988–1069) — індійський практик тантри, один із засновників тибетського буддизму *лінії Каг'ю*.

Наропа (956–1040) — індійський тантрик і *йогíн*, учень *Тілопи*, вчитель перекладача *Мáрпи* (1012–1097), який приніс з Індії в Тибет елементи буддійського вчення *Ваджраяни*, з яких сформувалася лінія *Каг'ю*.

Міларéпа (1052–1135) — тибетський йогíн-практик, а також поет, автор багатьох пісень та балад, і досі популярних у Тибеті. Також один із засновників лінії *Каг'ю* — першої школи тибетського буддизму.

наприклад, у тебе є улюблена японська ручка, з якою ти носишся, наче з якимось скарбом. І от, уяви, ти її впустив на підлогу, а я проходив мимо, наступив на твою дорогоцінну ручку і розчавив її. Ти страждатимеш?

— Ще й як!!!

— А чому, знаєш?

— Бо це моя улюблена ручка! Знаєте, скільки тепер коштує справжня *Zebra*?!

— От! Це «твоя» ручка! — Чімітдорж особливо натиснув на слово «твоя». — Між тобою і ручкою існує зв'язок. Вона «твоя»! Коли Будда страждав хернею, він додумався, що як обрубати цей зв'язок, то страждання зникнуть.

— Тобто?

— Ми всі в житті пов'язані зв'язками — сім'я, рідні, друзі, домашні тварини, речі, пам'ятні місця тощо. Ми дуже міцно пов'язані, і ці зв'язки приносять нам як насолоду, так і страждання. Якщо відрубати ці зв'язки, то не буде страждання...

— Але й насолоди не буде!!!

— Правильно. Це і є той самий «Серединний шлях», про який говорив Будда. Уникання крайнощів. Ні радощів, ні смутку. Повний спокій. А що є повний спокій, де немає ні радощів, ні страждань?

— Нірвана.

— Правильно.

— То я маю перерубати зв'язок між мною і ручкою?

— Так. У мене ж такого зв'язку немає, тому мені байдуже до твоєї ручки! — засміявся багша.

Я набурмосився.

— І мені потрібно обірвати зв'язок між мною, плеєром і зіпсованою касетою?

— Саме так! Ти своїми стражданнями все одно нічого не виправиш.

— А що з усіма іншими зв'язками? Родичі, сім'я... Я так не зможу. Я не можу їх обірвати.

— Знаєш, навіщо лама *Чже Цзонхáва*[1] запровадив целібат[2] для ченців-ґелонґів, коли створив у п'ятнадцятому столітті нашу школу Гелуґпа[3]?

— Ні.

— Він вважав, що монаха-ґелонґа ніщо не має відволікати від Учення. Ні сім'я, ні рідні, ні друзі, ні речі. Той, хто відрубає в цьому житті всі зв'язки, стане Буддою.

— Але ж це неможливо!

— Авжеж неможливо. Саме тому я не Будда, а всього-на-всього старий дурний монах, — засміявся Чімітдорж.

Ми всі більше чи менше «страждаємо хернею». Речі, бажання, соціальний статус, різного роду суперечки та сварки. Користі з них нуль.

«Єдині зв'язки, варті страждань і насолоди, — це рідні, сім'я, друзі і твоя країна», — так говорив Чімітдорж.

---

[1] *Чже Цзонхáва* (1357–1419) — тибетський філософ і релігійний лідер. Реформатор і засновник школи Гелуґ.

[2] Целібат (*caelebs*, «неодружений, холостяк» — лат.) — заборона духовенству вступати у шлюб.

[3] Гелуґпа (དགེ་ལུགས་པ་, *Dge lugs pa* — тиб.) — так звана «жовтошапочна школа», названа так через жовті головні убори ієрархів та лам. Найвпливовіша школа тибетського буддизму, з новими традиціями монастирської освіти та ритуалів. До цієї школи належить і Його святість Далай-лама XIV Тенцзін Ґ'яцó.

КАЗКИ СТАРОГО ЛАМИ

Чімітдорж знав багацько цікавих історій, влітку вечорами розповідав їх нам на ґанку будиночка номер чотирнадцять, а взимку — коло грубки, в якій весело гули й тріщали соснові дрова.

Про давніх чудовиськ, про *баґату́рів*[1] Нижнього, Середнього і Верхнього світів, про красуню *Ала́н-Гоа́*, дочку *Баргуджи́н-Гоа́* і *Хоридо́й-Мерґе́на*, ватажка бурят-монгольського племені *хорі-тума́тів*. І про її молодшого сина, *Бодонча́ра*, який був предком Великого *Чінґісха́ана*.

Я завжди, розклавши вуха по плечах, слухав ці казки, й щоразу по закінченні чергової історії старий монах піднімав мою відвислу щелепу коричневим зморшкуватим, але міцним, мов залізний прут, пальцем. І ми обидва весело сміялись.

— А мені наґаса розповідав, що як йому було десять років, то він бачив у Чесанському дацані ламу, який начебто вмів чи то літати, чи то телепортуватись, ну, тобто зникати в одному місці і з'являтися в іншому. Ото ж маячня! — і я зареготав, як дурний.

---

[1] *Баґату́р* (бурят-монг.) — силач, богатир.

Учитель не сміявся. Він подивився на мене й тихо сказав:

— Твій наґаса 1915 року народження. Відповідно він міг це бачити на початку двадцятих і десь до 1929 року...

Я перестав сміятися.

— Тоді не було ніякого «Чесанського дацану», а був великий монастир *Ґандán Чоймпеллінґ*[1]. Там служило понад шістсот лам і хубараґів.

— Ого! Такий великий!

— У мене там служив *емчі*-ламою дідів брат, — подав голос Беліґ.

Чімітдорж зітхнув.

— Там була дуже багата бібліотека. А потім, 1927 року, прийшли більшовики й почався терор. Хапали перших-ліпших і відкривали за фальшивими свідченнями справи. Заарештовували й розстрілювали. А 1937-го монастир закрили остаточно, бібліотеку пограбували. Безцінну святиню, подарунок самого Далай-лами XIII — нефритового Будду — забрали. Так він і пропав. Безслідно зник. Лам і хубараґів розстріляли.

— Радянська влада?! Більшовики?! Комуністи?!

Багша подивився на мене крізь примружені повіки й мовчки кивнув. Сказане ніяк не сходилося з червоними прапорами, що ними було утикане все місто перед першим травня, та з комуністичними гаслами на будинках і солодкими дифірамбами КПСС по тєлєку.

---

[1] *Ґандán Чоймпеллінґ* — дацан, що стояв біля підніжжя гір *Дундадá*, *Захá* і *Улзитó*, між річок *Улзитó* і *Дундудá* у *Верхнекодýнському* окрузі *Хóрінського* відомства. Почав будуватись 1827 року, свого розквіту сягнув на початку XX століття. У монастирі була велика бібліотека з понад 15 тисяч рідкісних книг і понад кількох тисяч зображень (*тхáнґка*). Переслідування духовенства почалося 1928 року. Монастир остаточно закритий і знищений 1938 року. На місці монастиря було засновано село *Чесáн*.

— І що... Їх усіх?.. — розгублено спитав я.

Учитель мовчки кивнув.

— Старший брат мого діда зник десь тоді, в тридцяті роки, — тихо сказав Беліґ. — Нам бабуся забороняє про це говорити.

Я ще не знав тоді, що й старшого брата мого наґаса, Бабудоржо́, який теж служив хубараґом у Ґандан Чоймпелліні́ґ, забрали ще 1927 року одним з перших. І розстріляли.

— А того ламу, що «вмів літати», скоріше за все, звали Очи́р-лама. То був наставник мого наставника, Пунцоґ-лами, — і Чімітдорж знову заплющив очі.

— Тобто він таки літав? — ледве дихаючи, спитав я.

— А що саме розповідав про це наґаса? — знову відповів питанням на питання Чімітдорж. Я ненавидів, коли він так робив.

— Ну... Розповідав, що той лама міг сісти медитувати на західній стороні монастиря, а закінчити вже на східній. І ніхто не бачив, як він підводився і йшов. Може, він і перелітав, а може, просто зникав у одному місці і з'являвся в іншому.

— А ще він міг через пів години опинитись у Цуго́льському дацані, отримати там печатку від тамтешнього настоятеля й вернутися назад. А до Цугола чотири дні їзди верхи, — сказав Чімітдорж.

— Як ви знаєте?! Про це наґаса теж розповідав!!! То це правда?! — я аж дихати перестав.

— Ну, не знаю, може, воно й правда... — на обличчі Вчителя ледь-ледь означилася усмішка. — А може, набрехав тобі твій наґаса. Я його знаю — жартівник він неабиякий!

І старий монах задоволено зареготав.

— От же ж... — розчаровано протяг я. — Вір вам, дорослим, після цього...

Однак було й те, що я сам бачив на власні очі, але пояснити не міг. У нас з Учителем була гра. Він сідав у одній кімнаті й зав'язував очі. Ми з Беліґто сідали в іншій кімнаті, щільно зачиняли двері, підкидали монетку, а Чімітдорж угадував, якою саме стороною вона впала. І що дивно, він завжди вгадував! Я, бувало, спеціально називав неправильний результат, але багша суворо говорив, щоб я не клеїв дурня.

Коли я подорослішав і мені часом бувало кепсько, він часто перший мені телефонував. І цікавився, в яку халепу я потрапив цього разу.

— Ну то коли ви йдете до Содном-лами? — насмішкувато спитав Учитель. Нас з Беліґто аж сіпнуло при згадці.
— Ламбаґай, як ви знаєте?
— У вас на обличчях усе написано.
Ми уважно подивились один на одного.
«Треба йти завтра», — читалося в очах Беліґто.
«Треба, — мовчки відповідав йому я. — Головне — не всратися зі страху».
Чімітдорж засміявся.
— Багша, а правда, що Содном-лама теж уміє літати? — запитав раптом Беліґ.
— Хто тобі таке сказав?
— Ну... Люди говорять...
— Люди багато чого говорять, — Учитель ледь усміхнувся й підморгнув.
— А ще говорять, що він давно вмер! — випалив я.
— Теж люди? — насмішкувато спитав багша.
— Ну не вівці ж!
— Я не був би такий категоричний, — іронічно зауважив старий монах.
От і поговори з таким!

Увечері, коли ми лягали спати, традиційно пропала електрика. Був кінець вісімдесятих, Радянський Союз стрімко розвалювався, крамниці зяяли пустими полицями, а перед ними зміїлися кілометрові черги. А ще постійно вимикали електрику.

Коли світла не ставало, ми запалювали свічку. Так було й тепер. Та, коли багша помолився й ліг на спину, прямий, мов палиця, я згадав, що ми не погасили свічки на столі. Це був мій обов'язок як наймолодшого, але стояла зима, й вилазити з теплої постелі та ступати на холодну підлогу не дуже й хотілося.

Раптом Учитель у протилежному кутку кімнати рвучко сів, і свічка тієї ж миті згасла.

— Як ви це зробили? — ошелешено спитав я в цілковитій темряві.

— *Сак'я-самадхі*. Мистецтво бувати одночасно в багатьох місцях.

— Що?!

— Мені було ліньки вставати, і я просто повірив, що зможу погасити її на відстані.

— Як це — «просто повірив»?!

— «І все, чого ви в молитві попросите з вірою, то одержите».

— Хто це сказав? Будда?

— Ісус Христос[1]. Лягай спати.

---

[1] Євангеліє від Матвія, 21:22.

СОДНОМ-ЛАМА

Крихітний будиночок у найдальшому закутку монастиря, прямо біля північних боліт. Одна кімната — один хазяїн. До житла Содном-лами зайвий раз ніхто не наближався. Ба більше — взагалі ніхто не наважувався потривожити спокій найтаємничішого мешканця дацану. Власне, і не було на те потреби — учнів Содном-лама не мав, на хурали не з'являвся, віддаючи перевагу довготривалим *ретрітам*[1].

Розповідали, що колись він не виходив надвір з пів року, і всі були впевнені, що лама вмер. Проте *ширéтуй*[2] заборонив тривожити спокій старого монаха. Усі давно вважали його небіжчиком, та якось навесні (а в ретріт Содном-лама пішов восени, коли ще й листя з дерев не облетіло) старець вийшов на ґанок і, затуливши очі від сонця, роздивлявся монастир, усе ще заметений снігом. Сніг укривав і стежку, що вела до його будинку.

Ніхто не знав, що він робив майже пів року й чим харчувався. Тож ці загадки викликали бажання триматися від

---

[1] *Ретріт* (*retreat* — англ.) — усамітнення, під час яких *йоґіни* і буддійські ченці практикують медитацію.

[2] *Ширéтуй* (бурят-монг.) — настоятель монастиря.

нього якнайдалі. Присягаюся: багато хто в монастирі вірив, що Содном-лама зовсім не людина, а демон.

Насправді старий монах не був ніяким демоном — він був *йоґіном*-практиком *Чод*[1]. А Чод — це така фіґня, що ви про неї не захочете знати, якщо бажаєте спати спокійно.

— Головне в штани не накласти, — тихо сказав Беліґ'то.

— Раніше, ніж треба, — додав я.

— Це ти правильно помітив, — гмикнув Беліґ. — Бо всеремося ми сьогодні обов'язково. Питання тільки — коли?

— І де.

Ми кволо хихикнули.

На ватяних ногах піднялися на ґанок, і тут сталося таке, від чого ми ледь не чкурнули геть. Щойно Беліґ простяг руку, щоб постукати, як двері самі собою прочинились.

— Що за... — помертвілими губами прошепотів він.

Я відчув, як гаряча хвиля прокотилася в мене по спині й по ногах.

За дверима нікого не було.

Звідкись із середини доливало ритмічне бурмотіння та мелодійне дзеленчання *дільбу*[2]. «Живий», — подумав я.

Ми стояли, не наважуючись ступити всередину. Нарешті Беліґ'то, як старший, набрав у леґені повітря й зробив крок уперед. Я ступнув за ним.

---

[1] *Чод* (གཅོད, *Gcod* — тиб.) — одна з містичних шкіл тибетського буддизму. «Чод» дослівно: «відсікання». Це слово символізує суть учення — відсікання всіх почуттів, відчуттів, бажань і прагнень на шляху до просвітлення. Практикують Чод частіше вночі, в безлюдних місцях, печерах, частіше в пустелях і на вершинах гір, де зазвичай практикується так зване «небесне» поховання, коли тіла померлих розрубують і згодовують грифам. *Йоґін* дме в особливу флейту *«ґанлін»*, зроблену з людської стегнової кістки, і заклинає «голодних духів», пропонуючи їм як поживу власне тіло. Здебільшого після такого випробування в йоґіна всі почуття та відчуття точно відбиває геть.

[2] *Дільбу́* (དྲིལ་བུ, *dril bu* — тиб.) — ритуальний дзвіночок.

У хаті було темно. На вівтарі перед статуетками горіла *зула*[1].

Перше, що мені впало в око, — відсутність будь-яких меблів. Стола, стільця, навіть ліжка! Голі стіни та груба, яка, попри холодну весну, не була натоплена. У приміщенні стояла така холоднеча, що з рота йшла пара. У кімнаті не було ні знаку, що тут хтось жив. Не пахло житлом, відчувався тільки запах *ая-ґанґа* — трави, що ми її запалюємо як пахощі під час читання молитов.

На низенькому столику посеред кімнати лежали дві книги та ритуальні предмети: *пурбо́*, *габа́ла*, *ва́джра* і той самий *ґанлін* — флейта зі стегнової кістки людини — оправлений у срібло й прикрашений пронизливо синьою бірюзою та яскраво-кривавими коралами[2]. За столиком на пласкій подушці сидів сам хазяїн, Содном-лама, й тримав у руці ритуальний дзвіночок дільбу.

Ніхто не знав, скільки Содном-ламі років. Балакали, що з'явився він тут ще на початку п'ятдесятих. Мало хто пам'ятає ті

---

[1] *Зула́* (бурят-монг.) — лампадка. Невеличка чаша (керамічна чи металева), заправлена топленим маслом. Зазвичай встановлюється на вівтар. Символізує світло Вчення.

[2] *Пурбо́* (རྒྱུར་བ་, *phur ba* — тиб.) — ритуальний ніж з трьома (або з дев'ятьма) гранями. Руків'я його часто виконується у вигляді голови гнівного божества (*дхармапа́ли*). З тибетської «пхурба́» дослівно перекладається як «цвях» або «кілок». У тантричній практиці використовується для приборкування «голодних» духів.
Габа́ла (ཀ་པ་ལ་, *ka pa la* — тиб.) — чаша, що зроблена з верхньої частини людського черепа. Використовується в індуїзмі і буддизмі як символ тимчасового й минущого. У тибетській традиції оправляється в срібло й інкрустується коштовним камінням.
Ва́джра (वज्र, *vajra* — санскр.; རྡོ་རྗེ་, *rdo rje* — тиб.; *очі́р* — монг.) — «дордже» — з тибетської дослівно перекладається як «блискавка» — ритуальна зброя в індуїзмі і тибетському буддизмі. За легендою, ця зброя належала індуїстському богу Індрі, який використовував її як палицю, булаву і спис. Символізує вищу владу і правосуддя.

часи — може, Чімітдорж та ще зо двоє старих лам. І розповідали, що чи то він прийшов прямісінько з тайги, чи то звідкись з далеких країв, чи то взагалі приїхав верхи на ведмеді, чи то прилетів, мов птах, — словом, байки були одна за одну дивніші.

Він не отримував пенсії, не ходив у магазин, не лікувався в поліклініці і взагалі не покидав території монастиря. Одні вважали його *йоґіном*, інші думали, що він просто з'їхав з котушок. Але всі однаково обходили його десятою дорогою.

Середнього зросту, худорлявий, Содном-лама мав пряму поставу і, незважаючи на свої поважні з вигляду роки, пересувався плавно й швидко. Голова його нагадувала череп, обтягнутий пергаментною шкірою, — різко проступали вилиці й надбрівні дуги. Під ними горіли глибоко посаджені чорні очі.

Ми вперше бачили старого йоґіна так зблизька, тому кілька хвилин просто стояли й витріщались, як молоді барани на нового собаку.

Нарешті йоґін перевів погляд на нас і без зайвих привітань спитав:

— Чого прийшли?

Тієї ж миті за нашими спинами голосно грюкнули двері. Ми аж підскочили з несподіванки.

Беліґто шумно ковтнув і якимось придушеним голосом вичавив:

— Ламбаґай... — і замовк.

Содном-лама буравив нас пронизливим поглядом. Було страшно.

— Ламбаґай... Ми знайшли тханґку... — почав було я, але і в мене слова застрягли в горлянці, щойно я зустрів погляд старого. Чесне слово, ніколи в житті мені не було так страшно!

— Точніше, не ми знайшли, а вона там уже висіла... — підхопив Беліґ.

— Там мапа!

— Тільки ми не знаємо, де це!

— І там червоний!

— І синій!

— Підійдіть, — несподівано сказав Содном-лама.

Ми, завмираючи зі страху, підійшли до столика. Йогин не зводив з нас очей — таких чорних, що мені здавалося, ніби то не очі, а дві глибокі дірки в черепі.

«Навіщо вам це?» — пролунало раптом не вголос, а ніби у нас в головах. Присягаюсь, тонкі монахові губи навіть не ворухнулись! Я перелякано зиркнув на Беліґто.

— Ми повинні дізнатися, що це означає, — тихо промовив Беліґто. Я зрозумів, що товариш почув у себе в голові те саме, що і я.

«Навіщо?» — знов пролунало в наших головах.

І раптом я згадав слова нашого Вчителя: «Розум постійно шукає відповіді на питання. Якщо тебе ніщо не цікавить, то ти, скоріше за все, вже вмер».

— Чімітдорж-лама правильно казав, — сказав йогин уголос, хоч я не промовив ні слова. — Те, що ви знайдете, дуже важливе. Час настав. Гори там, де сходить сонце. Вода там, де заходить. Тут, — Содном-лама тицьнув потемнілим вузлуватим пальцем мені в лоба, — червоний. А тут, — палець вперся в лоба мого товариша, — синій. Вони перетнуться в мить, коли сонце буде в найвищій точці найдовшого дня. Череп підкаже, що робити далі!

Ми стояли, приголомшені новою інформацією, яку розуміли приблизно так само, як кіт вищу математику. І тут мій погляд упав на вервечку, що її Содном-лама тримав у руках.

Вона складалася з потемнілих од часу й одполірованих через багаторічне перебирання пальцями намистин у вигляді людських черепів. Кожна була вирізьблена з великою увагою до деталей. Це про цю вервечку в монастирі балакали, що її зроблено з *людської кістки*.

— Ламбаґай... — тремтячим голосом спитав я. — А з чого зроблена ця *пренґ-ба*?¹

Старий йоґин продовжував буравити нас очима.

«Це стегнова кістка мого Вчителя, Тубде́на-*ріппо́че*!» — пролунало в нас у головах. Губи лами при тому знов ані сіпнулися. Ця манера спілкування неабияк нас збентежила. Я запитально подивився на Беліґто й ледь чутно прошепотів:

— Ти теж це чув?

У цей момент Содном-лама раптом вигукнув:

— *Пхат! Ом А Хум!*²

І підняв обидві руки догори. Одразу ж книги й ритуальні предмети на його столику піднялися в повітря на кілька сантиметрів і через дві секунди з гуркотом упали назад.

Я не пам'ятаю, як ми вилетіли з будинку. Пам'ятаю хіба що, як двері грюкнули за нами з такою силою, що я відчув поштовх повітря в спину.

---

¹ *Пренґ-ба* (འཕྲེང་བ་, *phreng ba* — тиб.) — буддійська вервечка. Складається зі 108 кісточок, розділених на чотири сектори по 27 намистин у кожному. Сектори розділяються іншими за кольором та розмірами намистинами або не розділяються зовсім. Інколи вервечку роблять з людської кістки, але не через кровожерність, а щоб підкреслити той факт, що тіло, з точки зору буддизму, — це лиш тимчасова оболонка. Крім того, послідовники Ваджраяни, які практикують Чод, часто використовували людську кістку для виготовлення ритуальних предметів.

² *Пхат! Ом А Хум!* (ཕཊ་ཨོཾ་ཨཿ་ཧཱུྃ་, *Phata! Om Ah Hum!* — тиб.) — магічний склад-вигук «*пха́т*» містить у собі дві складові: «*Пра́джняпара́міта*» і «*Та́нтра*». У практиці Чод цей склад-вигук зазвичай використовують як закликання сили і зброю проти демонів. Так звана «триголова» мантра «*Ом А Хум!*» закликає до очищення тіла («*Ом*»), мови («*А*») і свідомості («*Хум*»).

МАГІЯ, ПОМСТА І ЗАДОВОЛЕННЯ

Після візиту до Содном-лами ми з Беліґ'то деякий час навіть боялись обговорювати його поміж собою. Усе, що діялося з нами в цьому будиночку, скидалось на химерну казку. Проте була одна особливість — кожна деталь того походу врізалася нам у пам'ять так, що ми могли описати запах повітря в кімнаті й навіть мертву муху на підвіконні. Здавалося, ми ніколи в житті не забудемо тієї моторошної кімнати, де мовчазний і, либонь, божевільний монах практикував Чод — наймістичнішу буддійську практику, схожу радше на магію, ніж на Вчення.

Ми щодня думали над словами, які нам сказав Содномлама, проте ні на крок не наблизились до розгадки.

А тимчасом на зміну лютій зимі прийшла весна. Монастир пережив метушливі новорічні свята «Білого місяця», життя повернулось у звичайний розмірений і спокійний ритм, коли ти сьогодні знаєш, що буде завтра, і післязавтра, й через тиждень.

Тепер можна було й розслабитись. Беліґ'то поїхав на канікули додому в Кижингу, до батьків, братів і сестер, а я залишився з Учителем.

І якщо монастир жив тихим, спокійним життям, як і пасує буддійській обителі, то моє хлопчаче життя вирувало пристрастями, і я знову втрапив у чергову історію з містикою.

— Цей Арсла́н іржав, як коняка, і закинув мою сумку в калюжу! — я був неймовірно злий і ображений. Здоровань Арслан знайшов легку жертву — мене, невеликого смішного «ботаніка». Поки поряд був Беліґ, Арслан, на три роки старший місцевий розбишака, волів мене не чіпати. Зате тепер він не давав мені проходу.

Відповісти йому як годиться я не міг, бо щоразу опинявся обличчям у траві, а то й гірше — в багнюці. І цей жирний Арслан сідав на мене зверху й давив масою, регочучи, мов віслюк.

Ось і тепер, зустрівши мене біля гаражів, цей нестерпний Арслан з ходу грубо штовхнув мене, відібрав мою сумку й закинув у глибоку весняну калюжу. Що сталося з сумкою, зошитами і підручниками, вам краще не знати.

— Я помщуся цьому покидьку! Він у мене за все заплатить, цап драний!

Чімітдорж-лама відірвався від текстів «*Алта́н Геро́л*» («Сутри Золотого Сяйва») і уважно подивився на мене.

— І як ти його покараєш? — спокійно спитав старий монах.

— Я... я... Я підмовлю друзів, і ми натовчемо йому пику! — сказав я перше, що спало на думку.

— І багато друзів зголоситься на твою пропозицію?

Я замислився. Беліґто немає. Баірка? Цибатий Баір був занадто спокійний і точно в бійку не полізе. Бато́? Батоха боїться з п'ятого поверху в перехожих кульки з водою кидати, не те щоб піти проти Арслана... Сесе́ґ? Вона, звісно, буде не проти — Арслан і її зачіпав, але нас буде тільки двоє проти одного — у кращому разі протримаємося хвилини дві.

— Та ніхто... Але... Але я сам тоді! Я візьму дрючка!

— Дивися, щоб той дрючок не прилетів тобі самому.

— А я тоді...

— Хочеш, я тебе навчу? — раптом спитав Чімітдорж.

— Навчите чого? Мститися?

— Дурник. Оборонятися.

— Ламбагай, ви вмієте битись?!

По телєку, в програмі «Навколо світу», показували уривки з гонконгського бойовика «Бойові мистецтва Шаоліня», і я уявив Чімітдорж-ламу з тичкою і зареготав — старий лікар якнайменше скидався на бійця. Скоріше бійця нагадував *гесхи́*-лама[1] Гомбожа́п — молодий здоровань з ручиськами, наче в борця.

Багша неспішно підвівся і підійшов до мене. Однією рукою лагідно взяв мене за шию, і наступної секунди я аж присів од різкого болю в спині.

— Ой-ой-ой-ой-ой!!! Що ви робите?!

— Я ще нічого не зробив, — усміхнувся Вчитель. — Я тільки торкнувся.

Біль був такий... Як вам пояснити... У вас коли-небудь бували судоми в ногах? Знаєте, коли корчі хапають у холодній воді або після бігу? Неприємно, еге ж? Так ось саме це щойно сталося з моєю спиною. І це було жахливо. Щойно Вчитель торкнувся моєї шиї, спину почало ламати надвоє. Щойно старий лікар забрав руку — все припинилося.

— Як ви це зробили?! — у мене очі на лоба полізли з подиву. Замість відповіді багша взяв мене за руку. Взяв легенько,

---

[1] *Гесхи́*-лама — відповідальний за порядок та дисципліну в даца́ні.

ледь торкаючись. І я одразу завив од різкого болю. Судома схопила руку від зап'ястка до плеча.

— А-а-а-а-а! Що ви робите?! — знов заволав я. Чімітдорж-лама відпустив руку. Біль зник. — Що це, в біса, таке?!

— *Кхаб-цзу.*

— Що це?!

— Вплив на м'язи.

— Як це діє?

— Мозок керує м'язами за допомогою сигналів, схожих на електричні. Якщо сигнал занадто сильний, м'яз хапають корчі. Якщо дуже сильний — м'яз можна навіть порвати. Але за звичайних обставин мозок не може дати м'язові сигнал на таке сильне скорочення.

— І? — до мене ніяк не доходило.

— А я можу, — терпляче пояснив Чімітдорж.

— Як?!

— Треба знати точки, свого роду «кнопки» для вмикання потужного сигналу. А сигнал даєш ти.

Я аж рота роззявив.

— Як саме його давати?

— Тобі показати?

— Ні!!!

— Що ж, тоді сідай і читай «Чотири безмірні»[1].

Я сів за текст і задумався.

«*Семчен там-че де-ва данґ де-ве ґ'ю данґ ден-пар чжюр джіш!*»[2] — речитативом читав я тибетський текст.

---

[1] ཚད་མེད་བཞི། (*tshad med bzhi* — тиб.) — «Чотири Безмірні», або Медитація про чотири безмірні [чесноти]: Любов, Співчуття, Співпереживання і Рівність усіх живих істот.

[2] «...Хай будуть щасливі всі істоти, хай вони набувають причини для щастя!» (тиб.)

«От же ж старий вояка! — літало в моїй голові. — Це ж треба — мати такі знання й мовчати!»

«*Семчен там-че дунґел данґ дунґел-гі ґю данґ дрел-вар чжюр джіґ!*»[1] Слова молитви ніби через ніс проникали мені прямо в мозок, і я поволі заспокоювався.

Через якийсь час я зрозумів «кхаб-цзу» — мистецтво впливу на м'язи. Насправді це було зовсім не бойове мистецтво, а засіб для лікування застійних і атрофічних м'язів після травм та профілактика пролежнів. Це був особливий масаж із застосуванням впливу на активні точки.

Досить довго я не зустрічав противного Арслана. Не потрапляв він мені на очі. До певного моменту.

Раз я вертався додому через сусідній район і краєм ока побачив якусь метушню. Між будинками, у вузькому закапелку, троє дорослішних гопників, яких я до того не бачив, затисли Арслана в куток.

Один, білявий і кремезний, тримав його за рукав, другий, рудий і здоровий, замахувався й бив мого нещодавнього кривдника по товстих щоках. Третій, чорнявий і дрібний, стояв на шухері.

Я на мить зрадів: «Попався, паскудник! Тепер знатимеш!!!». Але раптом зустрівся з ним поглядом. Арслан дивився на мене зацьковано.

Я був єдиний знайомий, що зненацька трапився йому в скрутну хвилину на чужій ворожій території. І моя солодка радість зникла. «Чувак у реальній халепі!» — подумав я. І, перш ніж зробити щось розумне, а саме — взяти ноги на

---

[1] «...Хай від страждань позбавляться всі живі істоти і позбавляться від причин страждань!» (тиб.)

плечі й чкурнути, ці самі ноги якогось біса потягли мене туди, куди не треба було йти.

— Ей, чьо-каво, троє на одного, да?! — з гопниками треба було розмовляти їхньою мовою.

— Ти чо за чуділо, йопта?! — отетеріли гопнички.

— Ти, слиш, заготовки свої забрав від нього, нє? — тремтячим голосом сказав я. «Їх троє, але той крайній дрібний, а Арслан дужий, він же боротьбою займається, може, якось одіб'ємось», — промайнуло в моїй голові.

— Ти сарі, тля, борзий какой! — зареготав той, що тримав Арслана за куртку. Я простяг руку й поклав пальці йому на зап'ясток.

— А-а-а-а-а-а, тля!!! — відсмикнув руку гопник. — Братва, у нього шокер!!!

І кинувся тікати. Услід за ним хутко вшився худорлявий. Рудий позадкував за товаришами:

— Ти, сука, мнє попадьош! Я тєбя запомніл!

Я ступив крок до нього — у відповідь почув тільки тупіт.

— Втекли, падли, — я сплюнув з хвилювання.

— *Ей, Доржо... Намáйе хүлисөөрэ́й...* — вичавив Арслан і тицьнув мені свою здоровенну червону лапу. Я подивився йому у вічі. Він не витримав і відвів погляд.

— *За, бү хэрэлдэé!*[1]

Арслан провів мене до самого монастиря.

— Що це ти з цим Арслашкою ручкаєшся? — насмішкувато спитав Чімітдорж. — Ви тепер друзяки, чи що?

Я стисло розповів, що сталося.

---

[1] — Вибач мені...
— Та нічого, не будемо сваритись! (бурят-монг.)

Старий лама сів на ґанку, заплющив очі, всміхнувся й тихо сказав:

— Запам'ятай собі, *Доржо, хубуум*[1]. Найсолодша помста — зробити кривднику добро, подати руку й подивитись йому у вічі. Немає нічого кращого.

---

[1] Мій хлопчику (бурят-монг.).

ЧАРИ НЕ ДІЮТЬ

Але чари діяли не завжди. Універсальний захист виявився зовсім не універсальним. Бувають ситуації, коли ти, навіть з високотехнологічною зброєю в руках, виявляєшся безпорадний перед ворогом.

— Боляче?
— Угу... — я знов заплакав. Тепер не так з болю, як через образу. Старий лікар зітхнув і помазав ґулю якоюсь буро-зеленою рідиною.
— Це мазь з коріння бадáна, аїру та *зунгáґ*[1]. Загоїться, як на собаці.

Я хлюпнув носом.

Вони чекали мене на автобусній зупинці. Цирен, Тумен і Сашка-Кірпіч. Його так прозвали, бо в нього обличчя було руде, наче цегла. Не обличчя, а суцільне ластовиння. Противний він був, як холера. Циря з Туменом йому завжди заглядали в рота й слухались, як вірні пси.

---

[1] *Зунгáґ* (бурят-монг.) — секрет овечої вовни. Те ж саме, що й ланолін.

До мене розбишаки домахувалися регулярно. А що? Я дрібний і здачі ніколи не даю. Зручна мішень для цькування. І Беліґа, мого янгола-охоронця, поряд немає. Тож Сашка-Кірпіч почувався безкарно.

От і тепер.

— Ей ти, ауе! Іді сюда!

Я втяг голову в плечі й прискорив крок. Підійти не дозволяла гордість, вона ж не дозволяла й пуститися навтьоки. Ото й тільки, що крок прискорив, вдав, що не помітив розбишак.

— Ей ти, глухар, лукайся[1] сюда! — Кірпіч не любив, коли його не слухали.

Я не реагував. Почувши за спиною тупіт, подумав: «От і все». Але тікати не став. Це б усе одно нічого не дало.

— Ти чо, баран, опупєл штолі, налім?[2] — Кірпіч ухопив мене за рукав.

Я вирвав руку, зупинився й з-під лоба подивився на Сашка.

— Філкі[3] маєш?!

— Ні.

— Чо ти гоніш, баран?! Ботало позорноє!

Короткий удар у здухвину — і я склався вдвоє. Циря й Тумен схопили мене за руки й розігнули. Дихати стало неможливо, і я хапав повітря, наче риба, яку щойно витягли з холодного Байкалу.

— Штоби завтра білі, ну?! — Кірпіч ударив мене в живіт іще раз. Два його поплічники відпустили мої руки, і я мішком

---

[1] «Лукайся» — буквально: «плестись», «соватись».

[2] «Налім» — так глузливо росіяни називали бурят-монголів за недостатньо розвинену рослинність на обличчі.

[3] «Філкі» (жарг.) — гроші. Кірпіч вживав типові російсько-катрожанські слівця, що їх уживають інколи сибіряки.

повалився на землю. Кірпічеві здалося, що мені замало. Він цикнув слиною крізь зуби й додав копняка ногою:

— Знай, с-сука!

Удар припав рівно над лівим оком.

Чімітдорж усівся за свій низенький столик і поглядом наказав мені сісти навпроти. Почалися заняття, тож гаяти часу не можна було, і я розгорнув підручника.

У голові шуміло, й тибетська граматика просто не лізла в голову.

— Чому ти не захищався? — багша подивився на мене з-під черепашачих повік. — Ти знаєш кхаб-цзу.

— Я не можу використовувати це для самозахисту. Тобто, щоб тільки себе... — пробубонів я. — Коли когось кривдять, то можу захистити, але сам себе не можу...

— Не хочеш використовувати знання на шкоду?

— Ні. Я просто боюся.

— Чого?

— Я не знаю. Правда. Я не можу це пояснити.

Старий монах пожував губами, потім устав і підійшов до вівтаря. Там, за тхангкою із зображенням однієї з форм Будди Амітабхи, Амітаюса[1], стирчала дерев'яна дощечка. Чімітдорж її витяг, і я аж підскочив з несподіванки — в руках у старого буддійського монаха була ікона Володимирської Божої Матері.

Старий тримав її ніжно, мов дитину. Потемнілий од часу образ було оправлено в срібний оклад. На іконі малий Ісус

---

[1] Будда Амітаюс (із санскриту буквально «Безмежне життя») виступає як посвячений син *Амітабхи* і є головою сімейства *Падма* (або «лотосового сімейства»). До Будди Амітаюс звертаються з молитвами про довге й щасливе життя, а також про здоров'я та статок.

припав щокою до щоки Марії. Дуже дивно було бачити християнську ікону в келії буддійського монаха. Я запитально подивився на Вчителя.

— Вона мене врятувала, — сказав Чімітдорж. — Точніше, врятувала мені життя. Буквально. Я тоді міг утекти, врятуватись, але чомусь не втік, хоч була така можливість. Але я не зміг. Не зміг захистити себе... Як і ти. Побоявся. І я не можу тобі це пояснити, Доржо.

І старий розповів неймовірну й водночас дуже сумну історію.

Влітку 1929 року влада Бурят-Монгольської АРСР активно боролася з «паразитуючим на тілі робітничого класу елементом». Тобто з духовенством. Червоні загони звозили у Верхньоудинськ (так тоді називався Улаан-Уде́) шаманів, буддійських лам, священників-старообрядців, старшин безпоповців і православних священників. Усіх їх більшовики кілька днів розстрілювали на нижньому ярусі Свято-Одігітрієвського кафедрального собору. Трупи вночі звалювали прямо в сусідню річку.

— Мені було тоді десять років, і я був хубараґом. Нас привезли з-під улусу *Шана́*[1] й цілу ніч тримали на нижньому поверсі. Нас було загалом душ сорок-п'ятдесят. Різних. *Удґан*[2] були. Старовіри були з безпоповців. Старовірські священники, православні... Тільки з нашого монастиря Ґандан Чоймпелліґ було п'ятнадцятеро лам. Серед них і Очір-лама. Той самий, що вмів літати... — Чімітдорж важко зітхнув і заплющив очі.

— То це таки правда...

---

[1] *Шана́* — улус Кижингинського аймаку.
[2] *Удґа́н* (бурят-монг.) — жінка-шаман.

— Правда була в тому, що я міг урятуватись. Один червоноармієць мене висмикнув і наказав, щоб я накивав п'ятами, але я не хотів кидати своїх учителів. Мав можливість урятувати себе, але не зміг. І я не можу, Доржо, пояснити тобі, чому саме.

— А що було потім?

— А вночі несподівано зайшли солдати, підняли нас на ноги й просто почали стріляти.

— *Бурхан-багша!*[1]

— Поряд зі мною стояв православний священник з Посольського монастиря, отець Варсонофій. У нього в руках і була ця ікона. В останню мить він зумів засунути її мені під одяг. Куля влучила в срібний оклад, бачиш?

На лівому ріжку ікони й справді була кругла дірка зі вм'ятиною.

— Вона мене й урятувала.

— А що було потім?.. — спитав я, не дихаючи.

Чімітдорж помовчав ще трохи й продовжив:

— А потім тіла розстріляних виволокли надвір і поскидали в річку *Уду́*. Дехто був поранений і одразу пішов на дно. Я ще так-сяк міг триматись на поверхні, не сильно смикаючись. З іконою відплив нижче по течії, в *Селенгу́*, і там виліз на берег. А потім утік до людей з роду *Харґана́*[2]. Там і влаштувався чабаном, поки не потрапив до Пунцоґ-лами, свого наставника. Він тоді працював писарем, бо був, бач, грамотний...

Я хлюпнув носом.

---

[1] «*Бурха́н-багша́!*» (бурят-монг.) — дослівно: «Божественний Учитель», вигук на кшталт «Боже мій!».

[2] *Харґана́* — один з одинадцяти хорі-бурятських родів. *Хорі́* — один з найбільших субетносів бурят-монгольського народу. Тотем — кречет.

— А ікону я зберіг. Вона врятувала мені життя. Дерев'яна, а диви, затримала кулю... Тепер це й буддійська святиня.

У моїй голові розірвався шаблон, і його уламки остаточно перевернули моє стале уявлення про те, що я звик вважати непорушним: червоні прапори стали кривавими, православні хрести стали поруч з буддійськими ступами, а мої вчорашні вороги були вже не такі страшні.

Чімітдорж ніби прочитав мої думки: подивився на мене з-під повік, схожих на аркушики бурого пожмаканого паперу, й спокійно, рівним голосом сказав:

— Не бійся своїх ворогів. Не плач над своїми поразками. Поразки насправді дадуть тобі відчути смак перемоги. А втрати навчать тебе цінувати те, що ти маєш. Так, здається, говорить твій наґаса? — Учитель хитро всміхнувся. — Не бійся. І не плач. Але й не забувай. Нічого не можна забувати. Забув — програв.

...Цей розділ присвячено Героям Небесної Сотні.

ЧАС НАСТАВ

Коли тобі одинадцять, час тягнеться так невимовно довго, що інколи видається, ніби він — це така тягуча субстанція, яка тягнеться, тя-а-а-агнеться, тя-а-а-а-а-а-а-агнеться, мов гума.

З ранку до вечора ти встигаєш зробити стільки справ, що абсолютно не розумієш цих дорослих, які постійно жаліються на нестачу часу. Особисто мені здається, що дорослі просто займаються якимось непотребом, от часу й не вистачає на нормальні справи.

Чімітдорж каже, що час схожий на пісок на березі Байкалу — піску багато, але він не ваш. Ви можете робити з ним що заманеться, пересипати його, заритися в нього, будувати фортеці й рити печери. Ви можете навіть привезти його додому. Але він усе одно вернеться туди, звідки прийшов, — у землю. Як і всі ми, зрештою. «Час, мов пісок, тече крізь наші пальці, й кожна окрема піщинка ніколи більше не пройде тим самим шляхом і ніколи більше не вернеться», — так мудрував старий монах.

«Ламбагай, — питаю його я. — А якщо я насиплю в себе на подвір'ї гору піску і володітиму нею, то час од мене ніде не дінеться, так виходить?»

Чімітдорж поволі піднімає на мене погляд і злегка сварить: «Ти ба, який великорозумний! Ану сідай за тибетську, поки твій вітер у голові ту купу піску не розвіяв!».

Відтоді я не можу спокійно дивитися на вантажівки з піском — щоразу розбирає сміх.

Нарешті після коротких весняних канікул, які мені здалися вічністю, вернувся з Кижинги мій товариш.

— Беліґто! Нарешті ти приїхав!

— Що новенького в монастирських стінах?

— Нічого нового. Що там на *тообнто*[1]? *Ьонин?*

— *Юун байхаб...*[2] — Беліґ раптом уважно подивився на моє обличчя. — Кірпіч?

— Він.

— От паскудник. Я його виловлю, барана, — насупився мій друг.

— Облиш, у нас тут і так справ, наче тих баранів у степу.

Справ і справді назбиралося багато. По-перше, треба було нарубати дров, бо зимовий запас закінчувався, а я сам би не подужав такої кількості. По-друге, навесні був традиційний наплив пацієнтів, і для них потрібно було готувати різні лікарські суміші — і тут мої дві руки теж не встигали, тож приїхав Беліґто саме вчасно. Та й узагалі, поява товариша неабияк збадьорила мене, бо я таки скучив за мовчазним і спокійним земляком.

---

[1] *Тообнто* (бурят-монг.) — «мала батьківщина», дослівно: «пуповина». У бурят-монголів існує звичай закопувати пуповину дитини на місці народження. Це місце зветься «*Тоонто*».

[2] — Які новини?
— Та особливо ніяких... (бурят-монг.) — життя в степу було таке спокійне й некваливе, що вважалося: найкращі новини — коли нема ніяких новин.

— Дізнався щось новеньке про ту тханґку? — спитав він, коли ми, прямуючи від монастирської брами, проходили повз Цоґчен-дуґан.

— Нічого, — сумно відповів я. — А ще гірше, що коли хлопці в монастирі дізналися, що ми з тобою ходили до Содном-лами, то від мене почали сахатися, наче від зарази!

Справді, з того дня, коли в монастирі дізналися, що ми відвідували Содном-ламу, нас засипали питаннями. Ми, звісно, намагалися зайвий раз не патякати про наш похід, а тим більше про те, що там бачили й чули. В одному ми тепер не сумнівалися: Содном-лама якось пов'язаний з тією таємничою мапою.

Бажання розгадати загадку мучило нас з дня на день дедалі пекельніше.

Ми вкотре стояли перед малюнком і намагалися хоч трошки зрозуміти зміст того, що на ньому намальовано.

— Те, що це мапа, ми вже знаємо, — бурмотів Беліґ. — А от яка на ній місцевість, ніхто не знає.

— Чого ви тут стоїте? — поряд пройшов Аюр-багша, викладач старомонгольського вертикального письма «бічіґ». — Захід уже червоний, сонце скоро зайде, спішіть доробити переклад тексту — того, що я дав на минулому занятті. Добре, Беліґто, що ти приїхав. Хай Доржо пояснить тобі текст, а ти не гай часу і включайся в роботу.

— Аюр-багша, а можна спитати?

Викладач уклав руки за пояс і всміхнувся.

— Питай.

— Що ви знаєте про цю тханґку? — я вказав рукою на малюнок.

— Нічого, — знизав плечима Аюр-лама. — Знаю тільки, що вона не має нічого спільного з жодним традиційним релігійним сюжетом. Схоже на мапу. Але мапу чого — невідомо. Здається, що в монастирі вона ледь чи не з дня його заснування. Спочатку вона була в першому Цогчен-дуґані, влаштованому в житловому будинку, що його пожертвувала проста бурят-монгольська сім'я. Тепер там, до речі, *Чойра́-дуґа́н*[1]. Потім тодішній хамбо переніс цю тханґку в головний храм, збудований у сімдесятих. А от хто й навіщо її намалював — не знаю. Тих старих Учителів, які знали, давно вже немає, а з нових ніхто й знати не може. Хіба що поговоріть з Балда́н-ламою, він у нас відає всіма документами. Іще ваш багша може щось знати.

— Він сказав, що нам потрібно поговорити із Сод... — я відчув, як Беліґ'то боляче штрикнув мене попід ребра.

— Може, й знає, — спокійно, ніби то не він штрикав, промовив, дивлячись на мене, Беліґ. — А може, й ні.

— Так чи сяк, — Аюр-лама знов погрозив нам пальцем, — а вже пізно, сонце незабаром зайде — якраз пора вам повторити текст.

— Так, аякже, ламбаґай! — відгукнувся я й раптом підскочив. — Захід уже червоний! Гори там, де сходить сонце!!! Вода там, де заходить!!!

— З тобою все ґаразд, Доржо?

— Усе ґаразд, ламбаґай, я просто дещо згадав! — і у захваті я так ляснув товариша по плечу, що той аж похитнувся.

— Не забудьте про тексти! — Аюр-лама ще раз підняв угору вказівного пальця та й пішов собі.

— Ти чого мене лупиш? Я тобі кінь, чи що? — обурився Беліґ.

---

[1] *Чойра́-дуґа́н* — храм факультету філософії Чойра. Перший храм монастиря, переобладнаного в 1947–48 роках зі звичайного житлового будинку.

— А я тобі що, баран — штрикати мене попід ребра?!

— Ну пробач, не хотілось зайвий раз говорити про Содномламу.

Але мене зараз мало цікавив сам йогин. Цікавили його слова.

— Гори там, де сходить сонце. Вода там, де заходить! — повторив я і тицьнув пальцем у тханґку.

У нижній правій частині малюнка й справді були намальовані гори, а в лівій — кругле, наче монета, озеро.

— Значить, там де гори, то схід, — тихо сказав Беліґ. — А оце кругле — то озеро! І воно на заході.

— Кругле. Беліґ. Диви, воно кругле, як монета! Монета, Беліґ!

— *Мунгэ́*[1]. Це Мунгéн-нуур!

Мунген-нуур — це невеличке, справді кругле, наче монета, озеро в лісах за селом Каленово. Росіяни казали, що то водосховище, але буряти звали його Мунген-нуур. Щоліта ми вибиралися туди з місцевими, купалися до посиніння, ловили карасів і смажили їх на вогнищі. А у вугіллі потім запікали картоплю. Як я його одразу не впізнав? Зазвичай давні тибетські картографи якщо й малювали мапу, то доволі точно зображали рельєф місцевості та лінію водоймищ. І те, що на малюнку було майже ідеально кругле озеро, не могло не наштовхнути мене на певні аналогії. Придивившись пильніше, я впізнав ледь помітну деталь: берегова лінія мала характерний, ледь помітний вигин — точнісінько такий самий, як на озері.

---

[1] *Мунгэ́н-нуур* (бурят-монг.) — назва круглого невеличкого озера за вісім кілометрів на захід од монастиря. Дослівно: «Монета-озеро» («*Мунгэ́*» — монета, або ж срібло, «*нуур*» — озеро).

— Тоді це, — Беліґ тицьнув у найвищу точку серед пагорбів, що півмісяцем розташувались на протилежному краю малюнка, — гора *Баян-Тогód*[1].

— А де ж монастир? — спитав я, видивляючись на мапі знайоме селище.

Монастиря на мапі не було.

---

[1] *Баян-Тогód* (бурят-монг.) — сопка, за вісім кілометрів на схід од монастиря. Дослівно: «Багатий павич» («*баян*» — багатий, «*тогód*» — павич).

ДУМАЙ

Ми дуже залежимо від думки інших. Від ставлення до нас близьких і друзів. А особливо — від думки тих, кого для себе вважаємо авторитетними людьми. Часом це в житті допомагає, але часом і неабияк заважає.

Відколи перед Новим роком, у лютому, Беліґ знайшов ту тханґку і ми почали своє маленьке розслідування великої й заплутаної таємниці, чого ми тільки не наслухалися від монастирських Учителів!

І що дарма ми за це взялись, і що краще б ми зосередилися на чомусь корисному, наприклад, вивчали напам'ять тибетські тексти й не займалися дурницями. Або накололи дров. Або наносили води. Або... Словом, у всіх для нас було якесь заняття, корисніше, ніж розпитувати про незрозумілий малюнок, який тут висів завжди, і ні в кого ніколи не виникало запитань до його змісту.

Навесні, коли ми вже втратили надію дізнатися хоч щонебудь і вже були готові забути про своє розслідування, як Чімітдорж дав мені хороший урок.

Одним з постійних мешканців майданчика перед монастирем був місцевий жебрак на ім'я Вітька. Усі його так кликали, і чи було то реальне ім'я, чи прізвисько, ніхто не знав, бо Вітька нікому документів не показував, та й невідомо, чи вони в нього взагалі були. Зате було цілком очевидно, що в нього точно не всі вдома.

Вітька мав чи то тридцять, чи то всі п'ятдесят років віку. Він майже не говорив, тільки всміхався й хитав головою, наче кінь на водопої.

Літом і зимою, за будь-якої погоди, Вітьок огинався біля брами, зустрічаючи відвідувачів дацану.

Жебраком його можна було назвати хіба що умовно, бо гроші він радше не випрошував, а заробляв, відчиняючи перед паломниками чи туристами важку монастирську браму. Судячи з того, що із заходом сонця Вітька десь зникав, у нього було житло. А зранку, щойно сонце сходило, він з'являвся на роботу і ніс свою нелегку вахту без запізнень і прогулів.

І от якось у травні ми з Чімітдоржем верталися з міста й мали зайти в монастирські ворота. Вітька, як і завжди, відчинив їх перед нами. Привітно йому кивнувши, ми зайшли на територію монастиря, як раптом Учитель мене присоромив: «Ти йому навіть монетки не дав. А хтозна, чи буде в нього сьогодні чим повечеряти».

Треба сказати, що Вчитель ніколи не вдавався до прямих звинувачень, віддаючи перевагу різним притчам чи повчальним історіям або просто, як малій дитині, грозився пальцем. Тому цей випад у мою сторону справив на мене неабияке враження.

Пам'ятаю, тієї ночі я довго не міг заснути — перед очима стояв голодний Вітька в сльозах і з порожньою мискою, а поряд з ним — розчарований у мені Чімітдорж, що осудливо хитав головою.

На другий день я зібрав усі гроші, що в мене були — цілий рубль і п'ятдесят п'ять копійок, — і висипав їх собі в кишеню.

Серед цієї жмені якимось чином затесалася навіть біла монетка 20 *мөнгө*[1] із сусідньої Монголії.

Цілий день я тримав ці монетки в кулаку, від чого вони стали теплими й вологими. Коли ми з Учителем знову верталися з міста, я дістав їх — рівно один рубль, п'ятдесят п'ять копійок і двадцять монгольських *мөнгө*. І висипав їх у Вітьчину руку. Вітька був щасливий, мов дитина.

Слід зауважити, що Вітька шанував тільки монетки, до паперових грошей був байдужий — можливо, вважав, що то якийсь непотріб.

Реакція Чімітдоржа ввела мене в ступор.

— Що ж ти робиш? У тебе й так грошей завжди мало. Те, що тобі дають, ти тринькаєш на солодощі й різний непотріб. А цей Вітька й так без вечері не залишиться — в нього є дім і сім'я. Не можна бути таким наївним.

Я почувався як лисиця, що забігла до себе в нору, а замість затишного кубла раптом опинилася в холодній калабані. Стоячи перед Учителем, я трохи не плакав: учора грошей не дав — Чімітдорж незадоволений. Сьогодні дав — ще гірше!

— Доржо, вчора я штучно викликав у тебе докори сумління. Сьогодні ти вчинив інакше, бо побоявся вдруге почути мій осуд. Але яка твоя власна позиція в цій ситуації?

— Моя позиція? Я думав, що вона нічого не варта!

Чімітдорж нахилився до мене, поклав на плече свою суху руку й тихенько промовив:

— Твоя власна позиція — це те єдине, від чого ти можеш відштовхуватись. Це твоя земля і твоя опора. Ніхто, крім тебе й твоєї власної думки, не можуть диктувати тобі що

---

[1] *Мөнгө* — дрібна монгольська монета, що була в обігу з 1925 року і майже до 1994 року.

і як робити. Я знаю, у вас з Беліґто є незавершена справа. То йдіть і завершіть її, хоч би хто що казав — хай це буде навіть сам настоятель монастиря.

Уночі я знов не міг заснути.

Зранку підійшов до товариша, який зосереджено зубрив трактат «*Мадґ'яміка-аватáра*»[1].

— Беліґ. Кидай зубрити.

— Я не можу кинути філософський трактат, він важкий, і взагалі, Доржо, у нас...

— У нас є важливіші справи. Треба з'ясувати, чому на мапі немає монастиря, що це за «червоний» із «синім», а також де й навіщо вони, в біса, перетинаються.

---

[1] «*Мадґ'яміка-аватáра*» (मध्यमक, *Madhyamaka* — санскр.) — «Введення в Мадґ'яміку» — праця індійського філософа Чандракірті (600–650 рр.), настоятеля монастиря Наланда, послідовника філософської школи буддизму Махаяни *Мадґ'яміка*. У монастирях школи Гелуґпа традиційно багато часу приділяють вивченням праць Нагарджуни та Чандракірті. Його Святість Далай-лама XIV також приділяє багато уваги власне *Мадґ'яміка-аватáра*, вважаючи її однією з основ розуміння природи порожнечі. Дорж і Беліґто завчали напам'ять цілі розділи з цього філософського трактату.

ЗДОГАД

«Ніде немає так багато перепон, як на шляху до знань. Шлях до них чомусь завжди пролягає крізь дрімучі ліси, болота зі зміями й комарами, через розжарені сонцем пустелі, слизькі й високі скелі. Найцікавіше, що наприкінці всього цього карколомного квесту ви знаходите не скриньку з коштовностями, не золоту зброю чи сейф з цінними паперами, ні. Наприкінці цієї тяжкої дороги ви знаходите таку собі книжечку з формулами, кресленнями чи філософським трактатом. Найсмішніше, що це буде та сама книжечка, яку ви тримали на самому початку тяжкої дороги. Дороги до знань.

Так, це буде та сама книжечка, але з однією відмінністю. Розгорнувши її, ви будете здатні зрозуміти ВСЕ, що там написано, накреслено чи зображено. Це буде ваш добре знайомий дім, повний рідних, друзів і, на жаль, ворогів. Ось що таке пізнання.

Не факт, що воно принесе вам полегшення. Радше навпаки — воно принесе вам сум і страждання. У вас буде цілком інше життя. Ті жарти, з яких ви сміялися на початку шляху, здаватимуться вам геть не смішними. Цінності ваші зміняться так, що ви самі себе не впізнаєте. Докорінно зміниться й оточення. Знання перевернe догори дриґом ваше уявлення про світ, але ви зрозумієте, що саме це положення світу єдино правильне, а не те уявлення про світ на трьох китах, що ви мали на початку.

Та ви жодної секунди не пошкодуєте, що пройшли весь цей тяжкий шлях!» — так навчав нас Чімітдорж-лама.

Саме по знання ми припхалися до самого *хамбо́-лами*[1]. Він тепер був нашим дрімучим лісом і болотом зі зміями. Невисокого зросту, жилавий, з чорними очима, які, здавалося, здатні були пронизати співрозмовника наскрізь. Говорив хамбо дуже тихо, але твердо. Ходив повільно — давалося взнаки підірване в сталінських таборах здоров'я.

Лами поважали його за твердість і за досконале знання сутр. Він був здатний пояснити будь-яку філософську колізію чи незрозуміле положення, розтлумачити будь-яке висловлювання чи коректно й бездоганно перекласти з тибетської.

Після страшнуватого походу до Содном-лами наступним тигром, у лігво до якого ми наважилися пхатись, був, без сумніву, хамбо. Наші викладачі намагалися не турбувати верховного ламу через дрібниці. І тим більше — не морочити йому голову дурнуватими питаннями про якусь тхангку, як це збиралися зробити ми.

Резиденція хамбо ззовні виглядала точно так само, як і наш будиночок, і як будиночки решти священників на

---

[1] *Хамбо́*-лама (མཁན་པོ་བླ་མ, mkhan po bla ma — тиб.) — «старший монах, учитель». Раніше — вчений ступінь у школі Ґелу́ґ. У теперішній час — настоятель великого монастиря й лідер локальної буддійської громади. У розповіді йдеться про *XX Пандідо́ хамбо́*-ламу Жибма́-Жамсо́ Ердинеєва (1907–1990), голову Центрального Духовного управління буддистів (перебував у титулі з 1983 по 1990 роки). Відомий детальним знанням обрядів і священних текстів. Учасник Азіатської буддійської конференції за мир. Репресований радянською владою.

території монастиря. Єдине, що видавало в ньому резиденцію голови всіх буддистів СРСР, то це два кам'яні леви, що сиділи обабіч ґанку.

Ми зайшли в резиденцію і в першій кімнаті побачили секретаря *хамбо*-лами.

— *Мэндээ, Дабаасамбуу ламбагай!*

— *Мэндээ, Бэлиг, мэндээ Доржо! Ажал хэрэг һайн гү? Юун болобоб?*[1]

— Ем-ммм... — зам'явся Беліґ. — Нам би хамбо побачити...

— Навіщо? — Дабаасамбу-лама подивився на нас поверх окулярів.

— Маємо деякі запитання і хотіли б... — жваво почав я, але секретар мене перебив.

— До самого хамбо в нього «деякі запитання», ти ба! Доржо, ти кореспондент, чи що? — насмішкувато спитав Дабаасамбу.

— Може, й буду колись, — набундючився я. — А що, вже й спитати не можна?

— Хамбо зайнятий, — відрізав секретар. — Ідіть собі, не заважайте.

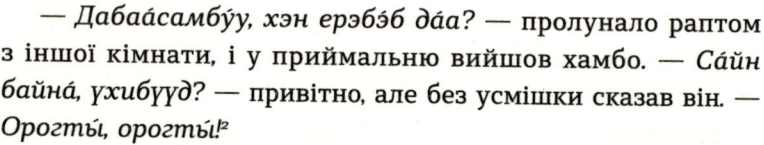

— *Дабаасамбуу, хэн ерэбэб даа?* — пролунало раптом з іншої кімнати, і у приймальню вийшов хамбо. — *Сайн байна, ухибүүд?* — привітно, але без усмішки сказав він. — *Орогты, орогты!*[2]

На наш превеликий подив, у кабінеті верховного лами не було ні трону, ні гвардійців охорони, навіть телефона на столі не було. Телефон стояв на столі в його секретаря, а на

---

[1] — Вітаємо, шановний Дабаасамбу-лама!
— Вітаю, Беліґ, вітаю, Доржо! Чи все у вас у порядку? Що сталося? (бурят-монг.)

[2] — Хто там, Дабаасамбу?
— Здрастуйте, діти! Ходіть, ходіть! (бурят-монг.)

столі у хамбо лежали тільки книжки та зо два величезні зошити, ті, що їх у народі звуть «амбарні книги». Щоправда, на стінах густо висіли тхангки із зображенням різних будд та божеств, а при задній стіні стояв великий вівтар з багатьма статуетками, серед яких виділялася статуетка Будди Мáнджушрі[1].

— Я знаю, чого ви прийшли, — хамбо сів у крісло й подивився на нас з-під лоба. — Усі в монастирі балакають, що ви розпитуєте про тхангку зі східної стіни. Я одразу зрозумів, що йдеться про тхангку Содном-лами.

— Тхангку Содном-лами?! — видихнули ми.

— Так.

— Ми не знали, що це його тхангка!

— Це його, — кивнув верховний лама. — Її намалював Содном-лама.

— Він її намалював?! — здивовано вигукнув я. — А ми й не здогадувались!

— Ніхто про це й не знає, — сказав хамбо. — Крім мене. І вашого Вчителя.

Ми приголомшено мовчали.

— Ми були в Содном-лами. Нам саме багша й сказав піти до нього! — Белігʼто аж пересмикнуло від таких спогадів, а в мене на потилиці волосся стало дибки.

— Ну і як? Він не перевтілювався в синього бика *Ямантáку*[2]? — розсміявся раптом хамбо.

---

[1] Будда Мáнджушрі (मञ्जुश्री, *Mañjuśrī* — санскр.) — дослівно: «Чудова слава». У буддизмі Махаяни — сподвижник Будди Шакʼямуні, провідник і вчитель будд минулого, вважається втіленням найвищої мудрості — *Праджняпарáміти*.

[2] *Ямантáка* (यमान्तक, *Yamāntaka* — санскр.) — дослівно: «Переможець Ями» (Яма — цар смерті та загробного світу). Один з головних *дхармапáл* (захисників) тибетського буддизму, гнівна форма Будди Мáнджушрі. На *тхáнгках* →

— Ні, він говорив прямо нам у голови, а потім підняв руки й сказав: «*Пхат! Ом А Хум!*».

— І усі предмети в нього на столі злетіли!

— А потім ми втекли! — наперебій розповідали ми.

Верховний лама всміхнувся.

— О, то він тільки почав. Якби ви залишилися, то змогли б побачити і самого Ямантáку!

— Е ні, дякуємо! — пробурмотів я. — Нам і статуї в Цоґчен-дуґані вистачає.

Хамбо засміявся.

— Що ви хотіли знати про тханґку?

Починалася серйозна розмова.

— Ми прочитали напис і вже визначили, що це мапа.

— Молодці. А місцевість?

— Ми підозрюємо, що це район Іволгинської долини. Там озеро Мунген-нуур і сопка Баян-Тогод.

— *Тúимэ, тúимэ.*[1] Усе так і є. А ви молодці! — похвалив хамбо.

— Тільки ми не можемо зрозуміти, де подівся монастир?

— А його й не було, — старий загадково всміхнувся.

— Як?!

— А отак. Карту намальовано приблизно наприкінці тридцятих років. Монастиря тоді ще не було.

— Стривайте. Але ж село Каленово тоді було. Йому скоро двісті років. А воно має бути поблизу озера! — не зрозумів я.

— Правильно, — погодився верховний лама. — Але і його там немає.

у *Ямантáки* зазвичай 16 ніг, 34 руки і дев'ять голів, на кожній по три ока. Головна голова — бичача. Тіло синього кольору з ерегованим статевим членом, що символізує активне чоловіче начало. Одягнений *Ямантáка* в закривавлений плащ зі слонової шкури.

[1] — Справді, справді (бурят-монг.).

— А чому?

— Цього я не знаю. Один Содном-лама знає. Але я підозрюю, що саме він і не хотів, щоб тханґка виглядала, як мапа. І тим більше він не хотів, щоб місцевість упізнали ті, кому це не потрібно, — хамбо багатозначно підняв пальця вгору. — І тим більше він не хотів, щоб напис прочитали й розшифрували випадкові люди.

— Що ж це все означає? — спитав нарешті Беліґто.

— Я не знаю, — розвів руками лама.

— Тобто?

— Не знаю, — повторив хамбо. — Я й сам хотів би знати, що все це означає.

Ми приголомшено мовчали. Здавалося, що прямо тут, у кабінеті, народжувалась Велика Порожнеча, яка стрімко розширювалася, погрожуючи захопити цілий Всесвіт.

— Содном-лама сказав нам, що ми можемо знайти щось дуже важливе, — тихо промовив Беліґ. — А ще він сказав, що в мене на лобі синій, а в Доржо чомусь червоний.

— І що це означає, ми не знаємо, — додав я. І почухав собі лоба, ніби шукаючи той самий «червоний».

— А що він іще сказав?

— Сказав, що «вони перетнуться в мить, коли сонце буде в найвищій точці найдовшого дня».

— І що «череп підкаже, що робити далі».

— Так. Саме так там і написано, — пробурмотів хамбо. — Коли я в шістдесяті роки прийшов у монастир, то ця тханґка висіла в старому Цоґчені. І тодішній хамбо[1], мій земляк і попередник, суворо заповідав мені берегти її як зіницю

---

[1] Йдеться про XIX Пандідо хамбо-ламу Жамбáл-Дóржи́ Гомбóєва (1897–1983), голову Центрального Духовного управління буддистів (перебував у титулі з 1963 по 1983 роки).

ока! Так вона й перекочувала в новий храм. І своєму наступникові я заповім те саме, — лама підняв на нас суворий погляд. — Якщо ви не докопаєтеся до істини.

— Ламбаґай! А чому Содном-лама не розповів вам чи тому... попередньому хамбо про мапу й про те, що ж на ній зашифровано?

Верховний лама зітхнув. Зітхнув важко й прикрив очі рукою.

— *Ламбаґай?* — мене трусило з нетерплячки, тому я не міг чекати вічно.

— Содном-лама був репресований 1937 року, — не віднімаючи руки від обличчя, сказав хамбо. — Йому тоді було приблизно тридцять, і його забрали з монастиря Ґандан Чоймпеллінґ, що був у Кижинзі. Він ваш земляк. І з Учителем вашим служив. Тільки Чімітдоржа взяли 1929 року, одним з перших, коли він був ще хубараґом. А Содном забрали вже одним з останніх, у тридцять сьомому. Двадцять шість років він сидів у таборах. Вернувся в п'ятдесят третьому, коли Сталін помер. Як йому вдалося вижити, не знаю. Казали, що прийшов він у жахливому стані — просто живий мертвяк. Але в перший же день, як він прийшов, він закрився з тодішнім хамбо Дармаєвим[1], і вони про щось говорили цілу добу. А потім у головному храмі з'явилася ця тханґка.

— І ви ніколи не намагалися дізнатися, що саме там написано?

---

[1] XVII Пандідо хамбо-лама Лубсан-Німа Дармаєв (1890–1960) — голова Центрального Духовного управління буддистів (перебував у титулі з 1946 по 1956 роки). Організатор та ініціатор будівництва монастиря *Ґандан Даші Чойнхорлін*, де живуть Доржо і Беліґ. Репресований радянською владою на початку 1930-х років, сидів у Кяхтинській в'язниці, працював на будівництві залізниці Кяхта-Наушки.

— Намагався. Однак марно. Тодішній верховний лама, може, й знав, а може, й ні, що саме там зашифровано. А Соднам-лама... Довго його по таборах носило. Спочатку в Красноярському краї, потім у Воркуті. Хтозна, що з ним там робили й що він витерпів... Коли він тут з'явився, то був худющий і замучений. Говорити нормально не міг, усіх сахався. І ніхто не бачив, щоб він коли-небудь покидав територію монастиря. Тож бодай щось дізнатися від нього було неймовірно важко. Така ось історія.

— І більше про нього нічого не відомо?

— Знаю тільки те, що сидів він з іще одним старим ламою. То був *жодчин*, послідовник традиції Чод, лінії *Кхандо́ Ненгью́д*. Там, у таборах, Соднам і отримав од нього посвяту.

— А що це за *лінія*? — поцікавився я.

— Це лінія, поширена в нашій школі Гелуг. А бере вона початок од самої великої йогині Мачи́ґ Лабдо́н. Жодчини зналися з божествами, духами мертвих, уміли літати й долати тисячі кілометрів за кілька годин! Так говорять у народі.

У мене в голові одразу пролунали розповіді Чімітдоржа про його Вчителя Пунцо́ґ-ламу та про Очір-ламу.

— То виходить, що це все не казки!

— Хтозна, — знизав плечима хамбо.

— А були такі, що хотіли дізнатися про цю тхан'ку?

— Були. Багато. І я, і лами, і навіть з органів приїздили, — верховний лама тицьнув пальцем угору. — Звідти.

— І нічого?

— Нічого. У Соднам-лами на все була тільки одна відповідь: «Прийде час».

Ми з Беліґто здригнулись і отетеріло подивились один на одного. У наших головах лунав голос Соднам-лами: «Час настав!».

ПРО ЩО МОВЧАТЬ ДХАРМАПАЛИ

Весь наступний тиждень ми з Беліґ'то провели в бібліотеці. Зазвичай ми старанно оминали двоповерховий восьмикутний храм *Деваажин-сумé*¹, у якому розташовувалася монастирська бібліотека. Але тепер він притягував нас, наче магніт.

Невисокий і круглий Балдáн-лама на прізвисько Вінні-Пух був здивований нашими апетитами до знань:

— Ну ти диви! Інші хлопчаки як хлопчаки — у вільний час у футбола ганяють, а ці двоє в бібліотеці засідають! — добродушно буркотів Вінні-Пух, рушаючи в бібліотечні фонди по потрібні нам книги — розібратись у нагромадженні давніх манускриптів та фоліантів міг тільки він. От завжди в дорослих так: гасаєш цілими днями на вулиці — погано, а щойно окупуєш бібліотеку — одразу женуть назад, на вулицю, щоб «були нормальними дітьми, а не книжковими хробаками». Ну не догодиш їм!

---

¹ *Деваажин-сумé* (ང་བ་ཅན་, *bde ba can* — тиб.), або «*Сукхаваті*». Дослівно: «Західний рай». Царство Будди Амітáбхи, світ щастя й радощів. Там мешкають бодхісаттви. Часто термін «*Деваажин*» використовується як поняття «рай». У монастирі, де жили Доржо і Беліґ, *Деваажин-сумé* називали глинобитну восьмистінну будівлю на два поверхи, збудовану 1970 року.

— Ось! — Пух бухнув на стіл стос тибетських книг і зшитків з нотатками попереднього хамбо.

Здійнялася хмара пилу.

— Чого це ви раптом зацікавилися Чод? Жодчинами захотіли стати? Духів заклинати? Це тому ви ходили до Содномлами? І як ви ото живі вернулися? Охо-хо... — лементував Вінні-Пух.

Копирсаючись у книгах, ми багато чого дізналися про цю загадкову і відверто моторошну традицію.

Зокрема Чод лінії Кхандо́ Ненгью́д справді веде свій початок від йогині Мачи́г Лабдо́н[1], а на теренах Бурят-Монголії до революції було лише з десяток справжніх лам, які могли називати себе «*жодчі*»[2].

Згідно із записами та свідченнями очевидців, жодчі-лами лінії Кхандо Ненгьюд могли літати, бігати «по вершечках трав зі швидкістю вітру», говорити з тваринами і духами, керувати погодою, приборкувати демонів і пересувати предмети на відстані.

— Чортівня якась... — прошепотів Беліґ, читаючи свідчення ченців Еґітуйського дацану, датовані XIX століттям, про дивного ламу, який пересувався без коня і долав великі

---

[1] *Мачи́г Лабдо́н* (1055–1149) (མ་གཅིག་ལབ་སྒྲོན་, *Ma gcig Lab sgron* — тиб.) — тибетська *йоги́ня*, засновниця традиції «Чод». Її вчення базується на практиці «відсікання», коли послідовник традиції «відсікає» від власного «Я» страхи, бажання, прагнення й почуття. Практикують Чод у безлюдних і відверто моторошних місцях — кладовищах, печерах і вершинах гір — переважно вночі. Часто послідовники Чод виконували найбруднішу і найнебезпечнішу роботу — розрубували на шматки трупи для традиційних тибетських «небесних поховань», коли мерців залишали високо в горах на поживу хижим птахам. Вони виступали санітарами під час епідемій і прибирали трупи після битв та нападів розбійників.

[2] «*Жод*» — бурят-монгольська вимова тибетського слова «*Чод*».

відстані за кілька хвилин. Ламу звали Хоршýт-геге́н, і його вважали переродженням самого Нагарджýни[1].

Чимало ми дізнались і про самого Содном-ламу. Його заарештували 7 липня 1937 року за цілим букетом звинувачень. Тут і «підривна релігійна діяльність», і «робота на китайську та японську розвідки», а головне, монахові інкримінували «крадіжку в особливо великих розмірах» з монастиря. «Трійка» постановила його розстріляти, але згодом страту замінили на тридцять років таборів. Содном-ламу вислали в Норильськ — один з найстрашніших таборів ГУЛАГу, так званий Норильлаг, а потім у Воркуту — Воркутлаг.

Усе це ми дізналися зі записок XIX Пандідо хамбо-лами. І невідомо, що справило на нас враження більше — казки про лам-*жодчинів* чи інформація про розстріли лам за звинуваченнями в крадіжках, шпигунстві або просто, без конкретних обвинувачень, як «ворогів народу». Уголос про це не говорилося. Ба більше, про події тих часів старше покоління воліло не говорити взагалі. Я чув свого часу якісь згадки про це від наґаса, але через своє малолітство не усвідомлював суті сказаного. Чув я про це і від Чімітдоржа, й почуте відверто не в'язалося з тим, що лилося з телевізора, і з тим, що розповідали нам у школі, де ми вчились у вільний від навчання в монастирі час. Узагалі слово «сидів» асоціювалося в мене винятково із сусідом-алкашем дядей Женєй, який мав кілька ходок за хуліганку та розбій, а «шпигунство» — із Джеймсом Бондом і Штірліцом. Новина про те, що табори смерті були не тільки в нацистів, а й у комуністів, захопила мене зненацька — як оте відро холодної води, що його підступно, з-за спини, вилив на мене Беліґ минулого спекотного літа.

---

[1] Нагарджýна (~150–250) (नागार्जुन, *Nāgārjuna* — санскр.) — індійський філософ, засновник філософської школи буддизму Махаяни *Мадг'яміка*.

Ми вийшли з бібліотеки, й Беліґ сказав:

— Деякі речі здаються геть не такими, як ти їх уявляєш.

— Тобто?

— От дивись. *Хаяґріва*[1] страшний?

— Аякже! — погодився я. — Кінська голова, червона морда, шість рук, очі банькаті, на плечах змії! — продемонстрував я знання буддійської тхангкографіки.

— А між іншим Хаяґріва — це *дхармапа́ла*. І якщо тебе захочуть зжерти голодні духи чи різні там мерці, то ти жвавенько побіжиш ховатися за його спину, бо Хаяґріва на цих духів дуже сердитий! Тож не завжди те, що видається нам на перший погляд поганим і страшним, погане насправді. І навпаки, далеко не все, що здається нам добрим, — добре.

— Мені важко повірити, що вбивали лам...

— Убивали, Доржо. Якби ми з тобою тоді жили, нас би теж убили.

Я замовк. Дитяча уява одразу намалювала червоноармійця Сухова з мегапопулярного тоді фільму «Біле сонце пустелі», який стоїть під брамою монастиря, збираючись мене вбити.

Але раптом вуса в червоноармійця обвисли, очі забігали, він позадкував, потім кинув гвинтівку й кинувся навтьоки.

— *Доржо́! Хаанаха́а ябана́ш?* — раптом пролунало в мене за спиною. «Ну от і все, — подумав я. — Достибався горобчик». Це був голос Кульбабки.

Кульбабкою ми прозвали ламу-розпорядника — невеличкого на зріст монаха з маленькими колючими очима й сліпучою

---

[1] *Хаяґріва* (हयग्रीव, *Hayagrīva* — санскр.; རྟ་མགྲིན་, *Rta mgrin* «*Тамдрім*» — тиб.) — дослівно: «Кінська шия». У Ведах — протоформа бога *Вішну*. У пуризмі — одна з форм *Вішну*. У буддизмі Хаяґріва — один з *дхармапа́л* — оборонців Учення. Гнівний аспект Будди Аміта́бхи.

лисиною. Голова в нього, попри досить молодий вік, від природи була геть позбавлена будь-якої рослинності. Мабуть, саме за те, в насмішку, він і отримав своє прізвисько. Насправді його звали Дамдін-лама, але мало хто це пам'ятав. Кульбабка був безжальний і безкомпромісний до всіх, хто, на його думку, вештався без діла.

— *Юу хэнэш?* — грізно спитав Кульбабка.

— *Би номóй һангһáа ябанáб, мүнөө сүлөөгүйшэгби, хүлисөөрэйгты...* — пробекав я.

— *Бу үбэштэйрэ! Ер наашáа!*¹

Я приречено поплентався до лами-розпорядника.

— У Цоґчені прибрати! Позамітати, помити підлогу й поприбирати у вівтарній частині, змахнути пилюку з *бурхáнів*²! — коротко наказав Кульбабка.

— Але чому я?

— Бо ти в мене ще не чергував! Беліґто, якщо маєш бажання, можеш приєднатися до свого товариша!

Беліґ, хоч він відпрацював своє чергування ще перед Новим роком, покірно кивнув головою, і ми пішли в головний храм.

Що ви відчували, коли вам доручали справу, яка, на перший погляд, здається нездійсненною? Розпач? Злість? Лють? Прибирати величезний храм після двох служб — це вам не жарти! Бачте, під час хуралів лами інколи роблять підношення сахюусанам, кидаючи через плече жменю зерна. Плюс сотні паломників, які здійснюють «*горóо*» — коло

---

¹ — Ти звідки йдеш? Чим займаєшся?
— З бібліотеки йду, зараз у мене немає часу, пробачте...
— Дурня мені тут не клей! Іди сюди! (бурят-монг.)

² *Бурхáн* (бурят-монг.) — божество (йдеться про статуетки будд і божеств у вівтарній частині).

очищення і вшанування. Вони обходять приміщення храму за годинниковою стрілкою, чавлячи ці зерна ногами. Словом, мені було чим зайнятись. І от чесно — я ненавидів це прибирання.

Колись Чімітдорж-лама казав мені: «Доржо, ти не можеш у житті робити тільки те, що тобі подобається. Доводиться деколи й гівно прибирати. Спробуй перетворити будь-яке неприємне заняття або роботу на *"буїн"*[1]. І ти побачиш, як тобі стане легко. Не подобається тобі якась справа, а уникнути її ніяк не вдається? Полюби її! Полюби її і зроби цю справу так, як ніхто крім тебе її не зробить. Це й буде твій *"буїн"*. Щоб стати Буддою, не треба бути монахом і бити щодня поклони. Достатньо довести собі, що немає нічого неможливого».

Немає нічого неможливого, і ми з Беліґто закінчили прибирання за якусь годину. Змахуючи пилюку зі статуеток бурханів і бодхісаттв, ми філософствували:

— Світ такий різний...

— Чого б це?

— От дивись, Беліґ: *Падмасамбхáва*[2], — я обережно витер пилюку з позолоченої статуетки, що зображала видатного індійського Вчителя, який заклав перший буддійський монастир у Тибеті.

Ця статуетка була особлива, бо Вчитель був зображений не сам, а зі своєю дружиною Мандарáвою. Вона ніжно

---

[1] *Буїн* (бурят-монг.) — «заслуги», або ж добрі справи, які очищають карму, або добрі вчинки, які ти зробив зі світлими намірами. «*Буїном*» може бути допомога тим, хто цього потребує, пожертва Будді і діяння для добра громади *(Санґхи)*.

[2] *Падмасамбхáва* (पद्मसम्भव, *Padmasambhava* — санскр.; པདྨ་འབྱུང་གནས་, *pad ma 'byung gnas* — тиб.) — дослівно: «самонароджений у лотосі». Індійський філософ і проповідник VIII століття, засновник першого буддійського монастиря в Тибеті.

обвивала його стан стрункими ногами, а руками обіймала за шию. Простіше кажучи, божества кохались[1].

— Великий Учитель! — шанобливо сказав Беліґ.

— Тут недавно з якоїсь школи приходили на екскурсію, то вчителька як побачила цю статуетку, так одразу почервоніла, як помідор, намагалася відвернути увагу дітей, а потім узагалі виштовхала їх з храму! — засміявся я. — І пішла з претензіями в контору до хамбо, казала, що жалітиметься комусь там в Улаан-Уде!

— Якась психована. «Яб-Юм» — це поширена практика, подивись Ямантаку чи того ж таки Хаяґріву. А *Калача́кра!* А *Чакрасамва́ра!*

— Я ж кажу — світ такий різний. Для одних «Яб-юм» — це релігійна практика, для інших — непристойність і сором. А чого тут соромитись? Це ж природа.

— За межами монастиря природа сприймається інакше, — гмикнув Беліґ. — От подиви: за дацаном — червоні прапори, символ комунізму. А наші Вчителі й досі говорять про більшовиків пошепки. Кому вони натхненники, а кому — кати.

— Це жах якийсь, я ніяк не можу усвідомити... — здригнувся я, згадавши розповідь Чімітдоржа. Мені стало незатишно, і я захотів змінити тему.

— Слухай, а ти просиш захисту у свого покровителя?

---

[1] *Яб-Юм* (ཡབ་ཡུམ, yab yum — тиб., युगनद्ध, yuganaddha — санскр.) дослівно: «батько-мати», або «з'єднання» — особлива форма зображення буддійських божеств у момент любовного злиття. Згідно з традиціями Тантри, символізує поєднання двох протилежностей — чоловічої та жіночої природи. Обидві ці природи необхідні для досягнення просвітлення. Чоловіча — це активна природа, що уособлює співчуття, а жіноча — природа простору й уособлення мудрості. У традиції Ваджраяни злиття чоловічого й жіночого породжує світ. «*Яб-Юм*» — доволі поширений прийом у буддійській традиції іконографії *(тахнґкографії)*.

Змахнувши пил з червоного Хаяґріви, чи не на третину більшого за мене, я відступив на крок назад. Гнівний ідам люто дивився згори вниз виряченими очима.

— Аякже! — відповів Беліґ'то, турботливо протираючи лотосовий трон не меншого за зростом Ямантаки — цей синій дхармапала і був його покровителем. — Я часто уявляю себе в його образі. Знаєш, допомагає стримувати лють і не проявляти її на людях.

— Це тому ти такий спокійний?

— Не знаю. Мабуть.

— Мій покровитель — Хаяґріва! — я подивився ідаму в очі. Хаяґріва вже не здавався мені таким страшним. Двоє його великих очей з пожовклими від часу білками розглядали мене скоріше з вдячністю, що я звільнив його від мирського бруду. Третє око червоним рубіном світилося в останніх промінчиках літнього сонця. — Коли я дізнався про це від Учителя, то дуже засмутився.

— Чому? — щиро не зрозумів Беліґ. — Це ж навпаки круто — мати такого захисника.

— Ну, він мені здавався таким страховиськом...

— Дурник, — миролюбно всміхнувся Беліґ. — Ви, міські, всі такі.

— Можна подумати, що ви в селі дуже мудрі. В одному котлі і суп, і чай варите!

— Ну то й що? Ти в чай усе одно баранячий жир кладеш. Не біда, якщо зваривши в котлі м'ясо, звариш там і чай. Зате ми нашу мову зберігаємо, а ви скрізь по-російськи балакаєте!

Мені стало так образливо, що аж у носі защипало. Але я не придумав, що відповісти. Зате замість слів з'явилася злість. Кров шугонула в обличчя, руки стислися в кулаки, і з'явилось пекельне бажання тріснути друга прямо в лоб.

— Ти диви, — засміявся раптом Беліґ. — Очі вирячив, язика висолопив, зуби вишкірив, увесь червоний! Ти в дзеркало подивись — викапаний Хаяґріва! Це твій захисник у тебе вселився. Бачиш — характер свій показує!

Противний хлопчисько зареготав.

Я підняв очі на статую гнівного дхармапали, на якого мимоволі перетворився. Ідам не дуже схвально подивився на мене зі свого майже двометрового зросту, мовляв: «От би твою дурну енергію та застосувати в потрібному напрямку». Як навчав мене Вчитель, я повільно набрав у легені повітря, а потім його видихнув, подумки промовивши: «*Ом-ммм!*». Зробивши так тричі, що символізувало Тіло, Мову й Розум Будди, я відчув, що кров відступила й кулаки розтислися.

— *Хүлисөөрэй...*

— *Болйиш даа, Доржó!*¹

— Справді, вибач.

— Я вже було подумав, що в тебе зараз проріжеться третє око. Рубінове, кругле таке!

— А в тебе тоді синє, овальне, як у твого бога! — я зареготав, як віслюк.

Беліґто раптом перестав сміятись і подивився на мене так, що в мене серце впало в шлунок. Він різко пополотнів, його завжди добродушно примружені очі розкрились і стали схожими на два блискучі ґудзики.

— Гей, ти в порядку?

— Овальне... — прошепотів Беліґто й показав очима на Ямантáку. На чолі гнівної іпостасі Будди Мáнджушрі красувався овальний синій камінь. Мене пройняв холодний піт. Я знову подивився на Хаяґріву. Круглий червоний камінь

---

¹ — Прошу, пробач...
— Та перестань, Доржо! (бурят-монг.)

загадково виблискував, символізуючи пробуджену мудрість Будди.

Беліґто прожогом побіг у службову кімнатку біля входу в храм і схопив невеличку розкладну драбинку. Склавши руки лотосом і шанобливо вклонившись своєму покровителю, він поставив драбинку перед Ямантакою, виліз по ній і поміряв синій камінь ниткою, що її перед тим висмикнув зі свого *орхімж*[1].

Яструбом злетівши з драбини, Беліґ кинувся до таємничої тханґки й приклав нитку до овалу, що ховався у верхньому лівому кутку малюнка.

— Ідеально підходить... Неначе сам камінь приклали й обвели, — прошепотів Беліґ і простяг мені нитку.

Я схопив її, поставив драбинку перед Хаяґрівою і поліз угору. Ідам несхвально покосився на мене і, як мені здалося, був уже готовий гризнути мене за пальця. Я спохватився, склав руки лотосом і просто на драбині схилився в поклоні. Хаяґріва, здавалося, подобрішав.

Розміри червоного каменя ідеально пасували до кола, намальованого вже в правому верхньому кутку тханґки.

Беліґто схвильовано витріщився на мене. У сутінках, що вже оповили монастир, його кругле обличчя нагадувало млинець, на якому хтось вирізав вузькі монгольські очі, акуратні круглі ніздрі та рот.

— Тобі не здається, Доржо, що ми з тобою вляпалися в якусь хрінь?

---

[1] *Орхімж* — елемент одягу буддійських священників, який носять як лами, так і послушники: прямокутна смуга вовняної тканини, завдовжки три об'єми стегон і завширшки від пахв до литок. Її драпірують поверх *дéела* (традиційного для монгольських народів халата), залишаючи відкритим одне плече, а кінець закидають за спину, покриваючи друге плече.

— Мені не те що здається, Беліґ. Я навіть не сумніваюся, що ми в щось вляпались... — пробурмотів я.

— З цього лайна є один вихід, Доржо. Або повернути назад і забути про все це, як страшний сон, або йти вперед і покінчити з цим усім назавжди.

— То давай і покінчимо.

РОЗСЛІДУВАННЯ

Мені завжди було важко розв'язувати задачі. «У тебе проблеми з логікою. Тому ти дурник», — поблажливо казали мені старші брати й сестри. Та я й не заперечував. Що правда, то правда. Математики я не любив, я її не розумів, я її не знав. Тут навіть «буїн» не допомагав. Хоч як я себе примушував полюбити формули й задачі — все дарма.

Цього ж разу нам треба було розв'язати доволі непросту задачу з багатьма невідомими. Добре, що я знаюсь на географії, тому здогадатися, що там, де «сходить сонце» — це схід, а «де заходить» — захід, було не дуже важко. До того ж я завжди добре орієнтувався на місцевості, тому одразу після цього здогаду моя зорова пам'ять знайшла відповідну картинку з озером і горами. Так ми здогадались, яку місцевість зображено на мапі. Звісно, дивно, що на ній не було монастиря, хоч місце, де він мав би бути, лежало якраз посередині.

А вже Беліґто, в якого, на відміну від мене, з логікою було набагато краще, розгадав загадку «червоного» й «синього». Тож тепер ми не мали сумнівів, що означають слова Содномлами про те, що в мене на лобі червоний, а в Беліґто — синій. Йогин знав, хто наші покровителі, й прямо вказував на камені, що позначали «третє око» на статуях ідамів. Переконались ми і в тому, що Содном-лама говорив саме про ці камені — за розмірами і формою вони ідеально пасували до овалу й кола на малюнку.

Тепер залишилося здогадатись, як вони мають «перетнутися в мить, коли сонце буде у найвищій точці найдовшого дня», і поспілкуватися з черепом, який «підкаже, що робити далі». Чомусь я уявляв, що до нас заговорить реальний череп. Від цього було цікаво й водночас моторошно.

— Доржо, ти спиш?

Здебільшого ми лягали спати біля десятої години вечора, бо підйом був о п'ятій. І мене завжди бісило це дурнувате запитання — ну хто питає в людини, чи вона спить?! А особливо я ненавидів, коли Беліґ мене при тому ще й трусив за плече. Проте сьогодні мені не спалося. У голову лізли різні думки, наша розмова із Содном-ламою і одкровення хамбо, які справили на мене дуже гнітюче враження, — світ ніби розколовся надвоє: на «до» цієї розмови і «після».

— Ні, не сплю.
— Чого не спиш?
— А ти чого?
— Не можу.
— От і я не можу.
— Скоро світанок... Тепер сонце встає дуже рано, бо ж літо...
— Класно...
— Чому?
— Ну... Прокидатися легше. От узимку взагалі капець.
— Так, узимку темно.
— Мені пощастило народитися в найдовшу ніч року. Ото халепа!

— Чому, Доржо?

— Тому що не встигнеш з друзями почати святкувати день народження, як їх одразу забирають по домах, бо смеркає вже о четвертій, — пожалівся я.

— Ага, сонце низько цілий день... Тільки опівдні ледь підніметься — та й знов хилиться до землі.

Зависла пауза. Я лежав і остаточно зрозумів, що цієї ночі я таки не засну.

— Беліґ.

— Що?

— Ти зрозумів, що ти щойно сказав?

— Ох ти.

— Яке сьогодні число?

— Дев'ятнадцяте.

— Маємо три дні.

Цієї ночі ми так і не заснули. Кілька годин обговорювали, як примусити «червоний» і «синій» перетнутися. Ми здогадалися, що ця мить настане тоді, коли сонце буде в найвищій точці найдовшого дня, тобто рівно опівдні 21 червня, в день літнього сонцестояння. І що камені треба покласти на мапу точнісінько на приготовлені для них місця.

Складність полягала в тому, що камені мали господарів. І, чесно кажучи, попри їхній симпатичний вигляд, я б зайвий раз справ з ними не мав. І не тому, що я боявся гнівних ідамів, ні.

Причина мого небажання ще раз підходити до ідамів — докори сумління. Сталася була зі мною одна історія...

— Докори сумління? Що? Яка маячня! — пхикнув Чімітдорж-лама. — Совість? Узагалі вперше чую.

Я вкрав запальничку. Блискучу бензинову запальничку «Zippo». Точно таку саму, як у Джона Рембо.

Просто не втримався, розумієте? Ну от щойно бачив її в руках у кіногероя, а тут вона справжня. Тепла й блискуча. У колекції татового друга.

Дядько Валентин колекціонував запальнички. Їх у нього було понад сотню. Абсолютно різних: у формі фотоапарата, гранати, пістолета, круглі, циліндричні, з незрозумілими написами іноземними мовами, ієрогліфами. Навіть була одна, вбудована в годинник. Але жодна, жодна не вабила мене так, як ця — проста, лаконічна, як сам колишній «зелений берет», і блискуча, як його біцепси.

Я, зізнаюся, сам не зрозумів, як вона опинилась у мене в кишені. Цілий вечір я ходив так, ніби дрючка проковтнув. Руку з кишені не виймав, і від цього металева запальничка нагрілася так, що здавалось, ось-ось пропече мені кишеню наскрізь.

До того ж стало нестерпно смердіти бензином.

— Слава, ти хоч би руки після гаража помив! Бензином на всю кухню несе! — з докором сказала мама батькові.

— Та який бензин? Я сьогодні тільки оливу з двигуна зливав! — виправдовувався батько, обнюхуючи свою ліву руку з характерними мозолями на подушечках пальців. Такі мозолі є у всіх музикантів-віолончелістів і взагалі у всіх струнників. Жартома їх називають «жаб'яча лапка».

Я хутенько виліз з-за стола й заховався якнайдалі, щоб батьки не чули, як нещадно смердять бензином мої штани.

Тієї ночі я так і не заснув.

А тепер куняв на заняттях.

— Який *мінґджи* у слові «Лхаса»? А яка літера підставна? Ну? Який там *таг*ⁿ? Доржо, ти в трьох літерах заплутався?! —

---

[1] «Мінґджи» — основна або ж «коріння» літера тибетського складу. Навколо «мінґджи» групуються суфікси («джеджуґ» і «янджуґ»), приставки («нъонджуґ»), надставки («ґо») і підставні літери (*«таг»*), які утворюють різні →

Тибетська мова зовсім не лізла мені в голову. Замість трьох літер, з яких мало вийти слово «Лхаса», у мене в голові була одна суцільна запальничка.

— Я так більше не можу! — пожалівся я і вийняв з кишені кляту дорогоцінну «Zippo».

— *Энэ́ юун бэ?* — підняв брови Вчитель.

— *Тамхи́ аhаада́г юумэ́н*[1]... — з сорому я готовий був провалитись.

— Гееееее, стибрив?! — вигукнув багша й раптом зареготав так, що кішка, яка спокійно дрімала собі на підвіконні, прожогом чкурнула під ліжко.

Гіркі сльози полилися з мене, як з дірявого відра. Я ридав ридма, захлинаючись і розмазуючи сльози по щоках. Через кілька хвилин до сліз додалися ще й соплі, і якби я в ту мить притулився до стіни, то, мабуть, навіки б приклеївся до пожовклих старих шпалер.

Насміявшись з бідолашного хлопчика, Чімітдорж-лама спокійно вислухав мою сповідь і знов зареготав.

А я знов заплакав.

— Ну чого ти тут ревеш, як голодний верблюд?

— Мене совість мучить. Докори сумління... — патетично вичавив я.

— Докори сумління? Що? Яка маячня! — пхикнув *емчі*-лама. — Совість? Узагалі вперше чую.

варіації. Наприклад, столиця Тибету, «*Лхаса*» (གྷ་ས་, Lha sa — тиб., «*Місто богів*»), утворюється з трьох літер: «*Ла*» (ལ, la), «*ха*» (ཧ, ha) і «*са*» (ས, sa), де сполучення кореневої літери «*Ла*» (він же «*мінґджи*») і підставної «*са*» (він же «*таґ*») дають склад «*Лха*» (ལྷ, Lha), який перекладається як «божество». Додача літери «*са*» (ས, sa), яка тут має значення «місто», і утворює назву столиці Тибету — «Лхаса». Звісно, коли голова зайнята запальничкою, то всі ці мудрі речі в голову просто не лізуть.

[1] — Що це таке?
— Запальничка... (бурят-монг.)

Я отетеріло вирячився на старого монаха.

— До чого прагнуть люди? Що каже Будда?

— До абсолютного спокою. Позбутися стражда...

— Не тільки страждань. Але й задоволень! — перебив мене Чімітдорж.

— А задоволень нащо позбуватися?

— Бо вони рано чи пізно, але приведуть тебе до страждань. От ти запальничку стибрив для чого?

— Ну... Щоб мати...

— «Щоб мати», — перекривив мене Вчитель. — Узяв чужу річ, бо вона тобі сподобалась. Не зачіпаймо морально-етичну сторону події, бо ти й так усе розумієш. Але ти взяв річ для задоволення, так?

— Так.

— І це задоволення врешті привело тебе до страждання? Так?

— Угу...

— То поверни. І не страждай більше. Це просто залізячка.

— Мені соромно...

— Маячня! Не існує ніякого сорому! І совісті в тебе ніякої немає! — знов зареготав Чімітдорж. — Просто віддай цю нещасну запальничку та й годі. Просто прийди. Віддай. І попроси пробачення. І побачиш, що буде. Ти назавжди позбудешся цієї пристрасті.

Я прийшов до дядька Валентина. Сказати, що я хвилювався, значить нічого не сказати. Я відчував страшенний сором і пекельне бажання покінчити з усім цим тут і зараз.

— А чому саме «Zippo»? — здивувався дядько Валентин. — Вона ж геть непримітна! Чому не запальничка-годинник?

— Точно така сама була в Джона Рембо... — пробурмотів я.

— То візьми її собі! — дядько Валентин простяг мені теплу, блискучу й омріяну американську запальничку.

Я не взяв. Я вийшов з під'їзду, поглянув на бурульки, що звисали з даху, і глибоко вдихнув вологе й свіже весняне повітря. Мені більше не потрібна була ця клята запальничка. Навіть з рук самого Сильвестра Сталлоне.

БЕЗ ЖОДНИХ ДОКОРІВ СУМЛІННЯ

Так завжди — що більше піднімаєш матеріалу, то заплутанішою виявляється справа. Жодних прояснень. І ніби все збігається в деталях, але загальну картину розумієш іще менше, іще більший подив викликає історія, яка ховається за деталями. Ми приперлися в бібліотеку до Вінні-Пуха з самісінького ранку, коли він ще й не допив свою першу чашку міцного зеленого чаю, звареного в жирному молоці.

— *Мэндээ, ухибүүд!*

— *Мэндээ, Винни... Үй, Балдáн ламбагáй!*[1]

Вінні-Пух на мить витріщив очі, а потім розсміявся і погрозив нам пальцем.

— Що вам треба так рано? Ще й кінь не прокинувся, а ви вже тут!

— Ламбагай, нам потрібно знати, звідки в нас у монастирі взялися статуї Ямантаки і Хаяґріви — ті, що стоять у Цогчен-дугані.

— Чого це ви зацікавилися дхармапалами? — напружився Вінні-Пух. — Навіщо вам це?

---

[1] — Здрастуйте, діти!
— Здрастуйте, Вінні... Ой! Балдан-лама! (бурят-монг.)

— Та так, для загального розвитку... — згадав я улюблений вираз свого батька, який «для загального розвитку» розповідав мені байки про видатних музикантів та композиторів, часом навіть не дуже цензурні.

— Для загального розвитку... — пробурмотів собі під носа Вінні-Пух. — Ич, які розумники. Статуї — з музею.

— З якого?

— Коли цей монастир щойно створили, тут була всього одна статуя Будди Шак'ямуні. А ці дві статуї потрапили сюди з Республіканського музею десь на початку п'ятдесятих. Він тоді називався «Музей атеїзму та історії релігії».

— А в музей звідки вони потрапили? — не відставав я. — Мусили ж бути якісь документи, правда?

Вінні-Пух довгим поглядом подивився на мене, ніби хотів щось сказати, але потім махнув рукою й покотився в нетрі книжкових стелажів. Вернувся через кілька хвилин зі старезним зшитком на зав'язках. Де-не-де з того зшитка стирчали нерідні, більші за розміром сторінки та різнобарвні закладки.

Розв'язавши зшиток, Балдан-лама довго гортав пожовклі сторінки, шукаючи потрібну інформацію. Нарешті розвернув зшиток до нас і тицьнув пальцем у потрібний рядок. Там синім чорнилом, сильним, але акуратним розмашистим почерком, було виведено:

«*Прин. 25.10.1949 г. Статуи б-жеств Хаягр. Ямантака. Инв. номер 4450329, 4450330. Конфискован. 07.07.1937 г. ГПУ Восточно-Сибир. Крайкома и Упр. НКВД Бурят-монгольской респ. из мон. Г.Ч. в местности Улзыто Хоринского айм. Внес. в реестр 29.07.1937 г.*».

— У місцевості *Улзито́* був тільки один монастир — Ґандан Чоймпеллінґ, — тихо сказав Беліґ. — «Ге Че».

— 7 липня, — ще тихіше додав я. — 7 липня 1937 року заарештували Содном-ламу...

Усе ніби сходилось — місцина і статуї дхармапал були тісно пов'язані із Содном-ламою, дата його арешту збігалася з датою конфіскації статуй, потім у нашому монастирі з'являється та тханґка...

Бажання розплутати клубок було таке пекельне, що ми були готові піти на все. Хоча, якщо чесно, то Беліґто треба було вести до перемоги на шнурку, мов барана.

Наступні два дні ми сперечались. Одне я знав точно — тепер докори сумління мені не дошкулятимуть. Я собі одразу сказав: «Це не крадіжка. Ми просто позичимо ці камені. На кілька годин». Не те що люди не встигнуть щось запідозрити, а й самі дхармапали нічого не помітять!

— Я не знаю, як ми це зробимо... — розгублено бурмотів Беліґ. Його не цікавило, як відреагують люди на те, що ми збираємося скоїти. Його більше турбувала реакція ідамів. — Хіба можна чіпати Хаяґріву і Ямантаку?

Я ж бачив перед собою мету й думав, що із дхармапалами можна домовитись.

— Як-як, — передражнив я товариша. — Ножем! Маєш інші варіанти? Ти ж чув, що сказав Содном-лама: «Час настав!».

— Чудова відмазка, Доржо. Так і скажеш це ідамам?

— Це всього-на-всього шматки дерева, Беліґ!

— Не кажи так! Тебе покарає Бурхан-багша! — злякався Беліґ.

— Боїшся — я й сам зможу.

Товариш ображено засопів. Він явно не хотів опинитись осторонь, проте страх перед покровителями не давав йому спокою.

— Треба все розповісти хамбо!

— Нізащо! Ти хочеш усе подати їм на тарілочці, щоб присвоїли результат собі? Нам і так вічно говорять, щоб ми не плуталися під ногами. А тут кинуть «дякую-до-побачення» та й усе! І хіба ти не чув, що сказав хамбо? Він сказав: «Якщо ви не докопаєтеся до істини». А ми докопались?

— Ні.

— То як ти собі уявляєш? Ми явимось і скажемо: «Шановний баґша! Ми тут нібито здогадались, але треба виколупати камінці з довбешок ідамів»?!

— Доржо!!!

— Що?!

— Тихіше, Чімітдорж-баґша почує!

— То й що?

— Та ну тебе!

— Беліґ, залишається менше доби. Потім буде пізно.

— Ну добре. Ти маєш план?

План я мав. Камені треба було здобути до ранку. Річ у тому, що о шостій ранку храм відчиняють і починається Сахюусан-хурал, який триває майже три години. І аж до обіду вийняти камінці буде неможливо — у храмі молитиметься багато людей. Залишався один варіант — або пізно ввечері, або вночі.

Якось, кілька років тому, в монастирі обирали серед хубараґів претендентів на екскурсію в *Дацáн Гунзечойнéй*[1].

---

[1] *Дацáн Гунзечойнéй* (ཀུན་བརྩེ་ཆོས་གནས་གྲྭ་ཚང་, *Kun brtse chos gnas grwa tshang* — тиб.) — дослівно: «Джерело Святого Вчення Всеспівчутливого Владики-відлюдника». Буддійський монастир у Санкт-Петербурзі, збудований 1906 року коштом наставника й представника Далай-лами XIII в Росії Аґвáна Доржи́єва, самого Далай-лами XIII і лідера монгольських буддистів Богдó-геґéна VIII.

Я потрапив у число кандидатів. Мені так кортіло поїхати, що я не міг ні спати, ні вчитися, ні їсти. Геть утратив сон і спокій.

— Чого ти переживаєш? — спитав мене Чімітдорж-лама.

— Переживаю, бо ану ж мене не оберуть?

— А коли оголосять результати?

— Через три дні.

— Через три дні, кажеш, — багша погладив мене по голові й спитав: — А ти можеш вплинути на процес?

Добором займались інші Вчителі, тому я, звісно, не міг ні на що впливати.

— От бачиш, Доржо, — всміхнувся Чімітдорж. — Який сенс переживати через те, на що ти вплинути не можеш?

Я задумався.

— Безглуздо хвилюватися заздалегідь, бо ще занадто рано, і марно переживати потім, бо вже занадто пізно, — піднявши пальця вгору, повчав мене старий монах. — А поняття «зараз і вже» так само швидкоплинне, як укус комара, тож і переживати з цього приводу не варто взагалі.

Звісно, в захопливу подорож я не поїхав. Але й переживати через те не став. Бо вже було пізно.

От і тепер я не переживав. А може, просто не думав про наслідки. Просто я чітко знав, що мені треба зробити, і ніяка сила не могла мене відвернути від задуманого.

Вечоріло. Ми з Белігʼто сиділи на ґанку й мовчали. Ми взагалі багато мовчали. З часом у нас виник особливий метод спілкування — тишею. Я дуже любив зимові вечори, коли ми втрьох з Учителем сиділи біля грубки, пили чай з печивом і мовчали.

Ми не почувалися самотньо чи незручно. Ми ніби насолоджувалися тишею і спокоєм.

От і зараз тиша була якраз доречна. Ми обидва були спокійні, ніби й не задумали нічого такого особливого.

— То який план? — нарешті спитав Беліґ.

Я цілком спокійно пояснив:

— Устаємо вдосвіта, о третій. Вікно на західній стороні не зачинене. Я підняв шпінгалет і заблокував сірником. Під стіною в траві лежить драбина. Приставляємо драбину до вікна і крізь вікно потрапляємо в храм.

— А сигналізація? — гмикнув Беліґ.

На кожній шибці в нас стояла сигналізація — прямокутник з білої пластмаси, притиснутий до скла пружинкою.

— Вона спрацьовує, якщо вікно вибити. Ми ж його легенько прочинимо. Там немає магнітика, як на дверях. Там датчик, він спрацьовує на стук і удари.

— Як знаєш?

— З журналу «Юний технік». Ми відчинимо віконце дуже м'яко і обережно. Ясно?

— Ясно. Доржо, це злочин.

— Беліґ, ти хочеш розгадати таємницю тхангки?

— Хочу.

— То не скигли!

— А що потім?

— А потім я приставлю драбинку до Ямантаки й дістану камінь...

— Як?

— Ножем.

— Ой, Доржо...

— Не бійсь, дорогий, я зроблю це сам.

— Ні. Доржо. Це повинен зробити я.

ОПЕРАЦІЯ «ТРЕТЄ ОКО»

Дивно, але вночі ми спали. Щоб не проспати, я завів будильник на третю годину. Його деренчання могло перебудити пів монастиря, і я поклав його під подушку. Так і заснув під глухе цокання.

Рівно о третій під подушкою затарабанили молоточки. Я намацав пекельну машинку й натис кнопку. Будильник замовк.

Тихо, наче кіт, я вислизнув з-під легкого покривала вже вдягнутий. Беліґ чекав мене біля дверей.

Місяць світив ясно, ліхтар не знадобився. Ми підійшли до Цогчен-дугану, і я дістав з трави драбину, що лежала під стіною храму. Найчастіше ми її використовували, щоб збивати сніг із загнутих ріжків даху. Влітку ж вона просто лежала собі у високій траві. Обереженько, щоб не шуміти, ми приставили її до стіни. Я перший виліз до вікна і відчинив спочатку зовнішню раму, а потім другу, внутрішню, намагаючись робити це якомога повільніше, щоб не спрацювали п'єзодинаміки в датчиках сигналізації. Насправді журнал «Юний Технік» був ні при чому. Цього фокуса мене навчив чолов'яга, що раз на два роки приїжджав у монастир для перевірки й калібрування сигналізації. Кульбабка приставив мене йому допомагати.

«Запам'ятай, шкєт, — наставляв мене Толян (саме так він представився). — Ці датчики реагують на удар, стук чи навіть шкрябання по склі. Але якщо петлі добре змащені й кватирка заздалегідь відчинена, то головне — робити все без шуму й пилу!» Ловко сплюнувши крізь зуби, Толян підморгнув мені й гугнявою скоромовкою зачастив: «Без шухера открил — зашол. Што увідел, то нашол. Тіхо вишел, штоб лєгавий не слишал. Слєдов нє лішил — ментов в дуракі пошил!». Толян, руки якого були рясно вкриті синіми корявими наколками — «партакáми», як він їх сам називав, — вправно налагоджував сигналізацію, а я носив йому воду й цигарки, подавав інструменти і всотував нехитру життєву мудрість. На прощання Толян ляснув мене по плечу і сказав: «Лана, бувай, бурятьонок! Береженого бог бережот, а небереженого конвой стережот!».

Я мимоволі реготнув, згадавши Толяна та його кримінальну науку. Хто ж знав, що вона стане мені в пригоді? От справді, ніколи не знаєш, хто й чого тебе навчить.

— Доржо, ти чого там регочеш? — стривожено прошепотів Беліґто. — Знайшов коли іржати!

— А що, краще плакати? Залазь усередину, а я зараз принесу малу драбинку!

Ходити в темному храмі вночі, коли тільки місяць заглядає у вікна, було незвично й моторошно. Лякала тиша, лякали власні кроки, статуї будд і бодхісаттв, що височіли у вівтарній частині, наче мовчазне військо. І найголовніше, ти не знав — дружнє це військо, яке допоможе розгадати загадку Содном-лами, чи вороже? Вороже, бо ти ж не молитися вдерся в храм уночі, мов злодій, крізь вікно...

Мені було так страшно, що свідомість стала майже некерованою. Інакше як пояснити, що я раптом відчув поряд із собою знайомий запах. Пахло буддійськими пахощами, які були тільки в однієї людини в монастирі — у Чімітдоржа. Це була спеціальна суміш трав, яку Вчителеві передали з Дхарамсали — резиденції Його Святості Далай-лами в Північній Індії.

Помилки бути не могло, це був той самий запах — ніби Чімітдорж стояв тут, у темному кутку, так, щоб ми його не помітили. Я вже було хотів засвітити ліхтарик і подивитись, коли несподівано почув бурмотіння зовсім з протилежної сторони — з вівтарної частини. Чесно — ледь у штани зі страху не наклав. Прислухався. Це був знайомий речитатив з фіналу «Практики настанов Чод»:

«Джюнпо ґанґдак дірні лхакґюр-те
Са-ам онте барнанґ кодкянґ-рунґ
Кегу намла такту джямджед-чінґ
Нінданґ цендy чойла чіодпар-щок!».[1]

— Беліґ!!! Як же ж ти мене налякав, копита тобі в пельку!!! Ти ще тут молебень проведи!

— Не лайся в храмі, Доржо, — голосом Чімітдоржа сказав Беліґ. — Я тут, між іншим, заради нас усіх стараюся, бо знаєш, з гнівними ідамами жарти закінчуються погано…

— Надумав молитися посеред ночі… — бурчав я, витягаючи драбинку з тамбура. Я її туди ввечері поставив навмисно, бо лами-розпорядники завжди ховали її у свою кімнатку і замикали на ключ.

---

[1] «Духи, які тут зібралися,
Які перебувають на землі чи в просторі,
З любов'ю ставляться до всього живого [хай]!
І вдень, і вночі практикуючи Дхарму!» (тиб.)

Розклавши драбинку біля Хаяґріви, я виліз на неї й дістав з кишені ножа. «Звідки в одинадцятирічного хлопчака з собою ножик?» — спитаєте ви. О, я з радістю задовольню вашу допитливість!

Вже що-що, а клинок я завжди носив зі собою. «Який кочовик без ножа?» — завжди казав мій наґаса, ховаючи за пояс, у кишеню чи в портфель старовинний бурят-монгольський ніж «хутага». «Без ножа ні м'яса приготувати, ні поїсти». Коли на стіл подавали варене м'ясо, а в гостя не було з собою ножа, то інші кепкували: «Принесіть йому меча!». Тож ніж у мене з собою був завжди.

Тримаючи в руках лезо, я міркував, з якої сторони підступитися до камінчика. На наше щастя, місяць світив так, що спокійно можна було читати газету, і я не став вмикати ліхтарика, який міг би привернути непотрібну увагу. Ступнувши на щабель вище, я простяг руку до каменя, і тут Дхармапала гнівно глянув мені прямо у вічі. Ноги мої затрусилися, і я насилу втримався на драбині.

«Треба було спершу молитву прочитати...» — пропекла мозок думка.

— Чого ти там вошкаєшся? — прошипів знизу Беліґ. — Виколупуй скоріше, і валимо звідси!!!

Я знов протяг руки до голови статуї... І закляк.

— Беліґто, я не можу... Мені так страшно, що я зараз у штани накладу!

— Виймай скоріше! Мені теж страшно!

Намацавши рукою камінь, я спробував знайти хоч якусь шпаринку, щоб підчепити його ножем. І якраз згори така шпаринка була! З радості я ледь не зойкнув. Просунувши лезо в шпаринку, легенько натис... і камінець легко опинився в моїй руці! Я поклав його в кишеню й зістрибнув з драбинки.

Бухкання крові в голові, здавалося, розбудить пів монастиря. Важко дихаючи, я переставив драбину до Ямантаки і вже було збирався по ній лізти, як відчув на своїй руці теплу руку товариша.

— Доржо. Я сам.

— Беліґ, та нехай, я вже вийняв один камінь, вийму й другий.

— Ні. Синій Ямантака — мій покровитель. Я перед ним і відповідатиму. Дай ножа.

Я мовчки дав йому ножа.

Змалку мене вчили: якщо чоловік сказав — він повинен зробити. Ніби просте правило, але я по собі знаю, як важко його дотриматися. Тому без зайвих розмов і поступився місцем Беліґу. Він поліз по драбині, щось прошепотів собі під носа й зітхнув. Простягши руки до голови Ямантаки, довго вовтузився й дихав, наче поранений ведмідь.

— Там згори повинна бути шпаринка між камінчиком і головою.

— Є!!! — радісно заволав Беліґ і одразу заробив од мене по нозі.

— Тихіше, телепню!!!

— Я взяв його!

— Узяв, то злазь!

Беліґ зістрибнув з драбинки. Його трусило чи то від холоду, бо ночі, хоч і червневі, були прохолодні, чи то від нервів. Чи то від усього одразу. Я поставив драбинку на місце, й ми хутко вилізли на підвіконня. Дуже обережно зачинивши обидві рами, зістрибнули додолу й акуратно поклали велику драбину в траву.

Ґанок був холодний і вологий від роси. Гори на сході почали рожевіти. Ми сиділи мовчки й думали кожен про своє.

Я думав, що ми сміливці-дослідники і стоїмо на порозі розгадки довгої і заплутаної історії, що почалася в страшному 1937 році, а Беліґ думав, що ми звичайнісінькі злочинці й вандали.

Найсмішніше, що ми обидва мали рацію. Кожен з нас стискав у руці свій камінь — червоний і синій. А на сході, за сопкою Баян-Тогод починався «найдовший день», у «найвищій точці» якого мають перетнутися «червоний і синій».

НАЙВИЩА ТОЧКА НАЙДОВШОГО ДНЯ

Я сидів у кімнаті й чекав, поки Чімітдорж-лама завершить ранкову молитву. Беліґто під ранок зморив сон, і він заснув у себе на ліжку, навіть не роздягаючись. Монотонний речитатив ранкової молитви Вчителя зморив би й мене, але він вчасно перестав читати.

— Доброго ранку, ламбаґай! — шанобливо, як і заведено, перший привітався я.

— Доброго ранку, Доржо! Що це ти зранку тут стоїш, наче ховрах у степу?

— У вас буває таке відчуття, що ви робите щось неправильно?

Мене гнітила наша нічна вилазка і, взагалі, вся ця історія з тханґкою. А тут іще Беліґто цілий ранок скиглив, що ми шахраї, злодії і злочинці. І якщо з визначеннями «злодії» та «злочинці» я ще сяк-так погоджувався, то до чого тут «шахраї», я не розумів.

Чімітдорж уважно подивився на мене й мовчки кивнув на чайник. Я миттю схопився й бігом почав робити чай.

— У тебе, Доржо, з'явилося відчуття, що ти щось робиш неправильно?

— Ну-у... Щось таке.

— І ти чекаєш, поки я щось пораджу, скажу, навчу або дам, і воно примусить тебе робити правильно?

— Ну, якось так.

— Я не зможу нічого порадити, Доржо.

Я ледь чай не розлив.

— Чому?!

— Я тільки старий дурний монах, чому ти вирішив, що я маю право давати тобі настанови?

Коли Чімітдорж починав розповідати щось таке, що на голову не налазить, то це завжди означало, що він тримав у голові якусь хитру байку і вже приготувався її розповісти. Я розлив чай по чашках, зручно всівся прямо на підлозі перед Учителем і підняв на нього запитальний погляд.

— Ну добре, Доржо, — розсміявся Вчитель. — Слухай. Раз до одного монгольського лами підійшов жебрак і попросив навчити його якої-небудь молитви тибетською мовою[1], щоб молитися за нещасних. Лама був дуже великорозумний і подумав: «Навіщо йому саме тибетська? Він її все одно не розуміє». Бажаючи пожартувати з бідолашного, лама навчив вимовляти його тибетською мовою такі слова: «Четверо кінських копит тупає по дорозі, а за ними скрипить четверо коліс для добра всіх живих створінь на землі». Жебрак вивчив ці слова напам'ять і до кінця своїх днів повторював їх, коли за когось молився, щоб допомогти йому. І він щиро вважав, що це допомагає. Коли ж обидва померли, то виявилося, що в жебрака, який усе життя замість молитви твердив про копита й колеса, в кармі було більше заслуг, ніж у лами, що

---

[1] У дацанах Монголії, Бурят-Монголії та інших країн, де поширений тибетський буддизм, усі служби ведуться тибетською мовою.

знав напам'ять тисячі молитов. Отака історія! — Чімітдорж багатозначно гмикнув.

Я сьорбнув чаю, примружив око й спитав:

— Тобто ви не хочете бути таким, як той лама-розумник?

Чімітдорж подивився на мене скоса, похитав голеною головою і пхикнув, засміявшись:

— Дурник!

Я теж засміявся.

— Ні, Доржо. Просто я знаю, що ти хотів у мене спитати.

І отут мені стало геть не смішно.

— Е-е-е... Як? Як ви знаєте, що саме я хотів спитати? — волосся в мене на потилиці стало дибки.

— Доржо, та в тебе на лобі все написано!

Я мимоволі схопився, підстрибнув і зазирнув у дзеркальце, що висіло на дверях. Чімітдорж засміявся.

— Е-е-е, багша, вічно ви зі своїми жартиками! Я з вами розмовляю серйозно, а ви...

— Тобі не дає спокою думка, чи ви правильно зробили сьогодні вночі.

Мене спочатку наче облили окропом, а потім кинули в крижану воду. Я відчув себе змією, яку вхопили за хвоста й тягнуть назовні із затишної, темної і вологої нори.

— Як ви знаєте, що ми робили сьогодні вночі?..

— Сак'я-самадхі. Уміння бути одночасно у двох місцях.

— То он чому у храмі пахло вашими пахощ... — я прикусив язика.

— Боїшся за наслідки, Доржо? От що я тобі скажу. У мене нема універсального рецепту. Нема універсальної поради. Просто роби, що вважаєш за правильне, і не думай про наслідки. Тільки так можна досягти результату, на перший погляд неможливого.

— А що, як...

— У вас уже є все, що вам потрібно, — лагідно й тихо сказав Чімітдорж. — Назад уже нічого не вернеш.

Я сів на ліжко, сягнув рукою в кишеню й нарешті вийняв те, що таким злодійським методом здобув уночі. На моїй долоні тьмяно виблискував круглий гранований червоний камінець завбільшки як п'ятикопієчна монета[1]. На гранях з тильної сторони налипли якісь часточки, ймовірно, від клею, яким камінь кріпився до статуї. Із зовнішньої сторони камінь невідомо для чого був замазаний чимось схожим на червону фарбу.

Я потер камінь об цупку ковдру, й раптом зовнішня грань весело блиснула. Потім зачистив увесь перед камінця від цієї фарби і нігтем відколупав засохлі частки клею з тильної частини.

На долоні в мене тепер лежав неймовірно красивий червоний камінь — ідеальної чистоти, без бульбашок і розводів, з ідеальними гранями. Ранкове проміння падало на нього й розщеплювалося на тисячі червоних сонячних зайчиків, які зірками стрибали по нашій кімнаті. Зачарований красою, я забув про все на світі — про неспокійну ніч, про докори сумління, про сумніви й про страх. Здавалось, мені всміхнувся сам грізний Хаяґріва.

— Офігіти… — почулось ззаду. Я мимоволі сіпнувся. Беліґто прокинувся й непомітно підійшов до мене. Я так занурився в процес чистки й милування каменем, що геть нічого не чув і не бачив.

— А в тебе що?

Беліґ дістав з кишені свій камінець і заходився його чистити. Об мою ковдру!

---

[1] 25 міліметрів.

— Беліґ, у тебе своя ковдра є! Диви, які чорні сліди залишаєш! — обурився я.

— Та перестань, чого ти бурчиш! Не бурчи, борсуком станеш!

— Сам ти борсук!

— Ух ти!.. — коли Беліґ почистив свій камінець моєю ковдрою, залишивши на ній здоровезну пляму, на долоні в нього заблищав овальний камінь глибокого синього кольору — такого, як небо в степу. Такі самісінькі сонячні зайчики, тільки сині, затанцювали по стінах.

— Ого! Як на дискотеці! — видихнув Беліґ.

— Не бреши, ти не був на дискотеці.

— Я в кіно бачив!

— Брехло...

Ну що ж. Червоний і синій у нас були. Менше, ніж через чотири години вони мали перетнутися на мапі, що висіла в головному храмі. Саме ця обставина змусила нас зайти в Цогчен-дуган. Якби не тханґка, я б волів триматись якнайдалі від місця злочину.

Ранкова храмова служба була в розпалі.

— Доржо, Беліґто! Де ви ходите?! Зараз перша перерва, подавайте монахам чай!

Кульбабка виловив нас одразу при вході й одразу придумав нам роботу. Це не таємниця, Кульбабка нас чомусь недолюблював. Мабуть, вважав, що Чімітдорж нас замало виховує. Цікаво, що старші учні спокійно ходили сюди-туди, й ніхто не примушував їх варити здоровезну каструлю чаю на всю братію. А ми, як завжди, виявилися крайні. Утім, це був чудовий привід не сидіти в залі й не боятися зіпсованих статуй дхармапал. Що буде, коли хтось раптом помітить на місці третього ока дірку, я намагався не думати. Усі мої думки зосередилися на тому, як непомітно винести з храму тханґку.

Я доклав у плиту дров, поставив на вогонь каструлю і влив туди холодного свіжого молока з бідона, що його щоранку привозила тітка Дулма́.

— Чому я не здогадався поцупити цю тханґку вночі? — вголос подумав я.

— Тихіше! — замахав руками Беліґ. — Я сам тільки вранці про неї згадав! — додав він пошепки. — Тханґка нам потрібна до зарізу!

— Що будемо робити?

— Гадки не маю. Але треба дочекатися кінця хуралу.

— Беліґ, до полудня в нас буде менше трьох годин. Інакше все, що ми зробили, буде дарма.

— Ну, це ми ще подивимось... — пробурмотів мій поплічник, відламав від плитки зеленого чаю два шматки завбільшки з долоню й кинув їх у молоко.

— Ти щось придумав?

— Можливо... — задумливо протяг Беліґ. — Просто слухайся мене, і все буде добре.

— Гаразд, я все зрозумів.

Ми ніколи не ставили один одному зайвих запитань, типу «А як?», «А навіщо?». Ми просто довіряли один одному, і якщо один говорив: «Робимо отак і отак», і якщо в другої сторони не було що запропонувати у відповідь, то другий не сперечався. Я не мав ідей, як зняти тханґку зі стіни у велелюдному храмі. А Беліґ то мав. Тож йому і карти в руки.

Служба йшла за планом, у перервах ми розносили чай, і я крадькома зиркав на статуї дхармапал. Ті стояли, ніби нічого й не сталося, ніби двоє нахаб-злодюжок уночі й не повиколупували в них ножиком треті ока. Хаяґріва уважно стежив за мною своїми банькатими очима, ніби говорячи: «Ну-ну, подивимося, що вийде з вашої вельми сумнівної витівки... Але затям собі, смертний! Якщо змарнуєш справу — я тебе з'їм!».

Наприкінці, коли я після другої чайної перерви потяг тацю до виходу, до мене підійшов Беліґ.

— Доржо, пригальмуй.

— Угу.

Товариш узяв мене за рукав, одвів до вівтарної частини й наказав:

— Стій тут. Не сходь з місця хоч би там що. І чекай мене. *Ойлґбо гу?*

— *Ойлґбо.*

— Чудово! — і Беліґто зник.

Я стояв і чемно чекав, гадки не маючи, що він задумав. А тим часом скінчився Сахюусан-хурал, лами повставали зі своїх місць і потяглися до виходу. У храмі почався жвавий рух: частина відвідувачів теж посунула на вихід, а частина пішла до вівтаря, робити підношення буддам і бодхісаттвам. Усе діялося точнісінько так само, як багато років перед тим і мало б діятися й надалі. Одначе не сьогодні.

Різкий дзвінок пожежної тривоги зламав усі плани. Люди стривожено оглядалися, намагаючись збагнути, що сталося, видивлялися ознак диму чи полум'я. Від входу пролунав різкий окрик Кульбабки:

— Усі на вихід!

Люди подалися до виходу — у храмі повно всього дерев'яного, тому краще не баритись, а якнайскоріше вибігати. Я тупцяв на місці, не знаючи, що робити. Інстинкт самозбереження штовхав мене до виходу, але мозок уперто крутив слова Беліґто: «...Не сходь з місця хоч би там що. І чекай мене».

Сигнал пожежної тривоги зламав усі плани, але не наші. Раптом переді мною нізвідки виринув Беліґ. Він штовхнув мене до стіни, де висіла тханґка, оглянувся, зірвав її із цвяшка й швидко заштовхав під тацю, яку я й досі тримав у руках.

— Вшиваймося!

Мене не треба було довго просити. Я притис до себе тацю й драпонув до виходу.

Перед головним храмом бігали й метушилися лами, хубараґи та миряни. Ніхто не звернув уваги на двох хлопчаків, що вислизнули з храму й кинулися навтьоки.

— Егей, Доржо! Гей, ти чого так перепудився? Хоч тацю покинь! — реготали мені в спину старші учні.

— Ти ба, який відповідальний — дацанське майно рятує!

Та мене не обходило, що вони кричали — я мчав так, що землі під ногами не чув!

Ми перелетіли через два провулки і, не знижуючи швидкості, підбігли до монастирського паркана. Беліґто перестрибнув перший і прийняв від мене тацю з малюнком. Я, перелазячи, зачепився матнею за штахет, перевернувся й полетів догори дриґом прямо в зарості кропиви. Усе сталося так швидко, що я не встиг і зойкнути. Скочив на ноги й кинувся доганяти Беліґто, що біг уже через вербовий гайок — ми його називали «святий», бо на ці вербові гілки миряни пов'язували прапорці з молитвами[1].

---

[1] Традиція пов'язувати на гілки дерев шовкові ритуальні стрічки «*хадак*» та особливі прапорці «*Хий морин*» прийшла з Тибету. «*Хий морин*» (бурят-монг.; རླུང་རྟ་, *rlung rta* — тиб.), дослівно: «Кінь вітру» — прапорець із зображенням коня, що несе на спині перлину «*Чінтамані*», яка належить Будді Авалокітешварі і виконує бажання.

«*Хадак*» (ཁ་བཏགས་, *kha btags* — тиб.) — ритуальна шовкова хустина, буває п'яти кольорів: синього, білого, жовтого, червоного і зеленого.

Зупинилися ми аж на краю гаю, де починалося болото. Я повалився на землю. Руки тряслися, серце гупало десь у шлунку, голова й лице горіли. Беліґ сидів поряд і теж намагався прийти до тями.

— Котра година? — раптом спохватився він.

— За десять дванадцята.

— Уже пора!

Ми взяли тханґку й обережно дістали її з рами. Пожовклий папір де-не-де порвався по краях, і в місцях, прикритих планочками рамки, був значно темніший. У лівому верхньому кутку вирізнявся акуратний овал з підписом тибетською: «Синій». У правому верхньому куті виднілося коло. Підпис під ним: «Червоний». Я звернув увагу на ще одну маленьку деталь, якої ми не помітили раніше, — внизу, праворуч, у самому куточку, прихованому рамкою, був намальований крихітний білий кречет. Птах розправив крила й ніби лежав на тугих потоках вітру.

— Ой... А як мапу ставити? І в якому місці? Ми ж бознаде! — Беліґ почухав потилицю.

— Гм... Щодо місця ніяких вказівок не було, — я почав заспокоювати сам себе. — Ішлося тільки про «червоний» та «синій», і про сонце в «найвищій точці найдовшого дня». Якщо я правильно здогадався, це дванадцята година дня 21 червня. І все! А мапу треба розташувати так, щоб озеро на мапі було повернуте в бік Мунген-нуур, а гори дивились на сопку Баян-Тогод. Тоді поміж ними нагору буде північ, а наниз — південь.

— О, ти мудрагель!

— Просто я люблю географію. Ну що, почнемо?

Я сягнув рукою в кишеню й намацав теплого камінця. Затис його в долоні й дістав. Він лежав у мене на руці чистий і криваво-червоний — третє око мого покровителя, гнівного ідама Хаяґріви. Беліґто дістав свій камінь, і ми поклали їх кожен у призначене для них місце.

І раптом камені засяяли так, що стало боляче очам. Я подумав, що це якісь чари, але насправді, коли камені опинилися на світлому папері, крізь них почало проходити більше сонячного проміння, вже не блокованого нашими долонями.

— Дивись! Промені! — зойкнув Беліґ. — Вони перетнулись, як і сказано в написі! Вони біля сопки!

На мапі різко виділялися два великі косі промені, що перетиналися десь у районі сопки Багатий Павич.

— Стривай! Бачиш — вони рухаються. Не зараз. Ще кілька хвилин.

Я подивився на годинник. Коли промені проходили рівно між сопкою Баян-Тогод і однією з двох невеличких скель, що стояли за кількадесят метрів од південного схилу сопки, я нігтем зробив позначку там, де вони перетинались.

Сонце стояло в найвищій точці найдовшого дня.

ЧЕРЕП

Ми, бурят-монголи, любимо різні загадки. Чи то в степу нам нудно, чи то ми від природи дуже хитрі, але говорити натяками, проводити паралелі, мудрувати з багатозначним виглядом — невід'ємна сторона нашого суворого характеру.

Існує тисяча й одна казка про такого собі Будамшýу — веселого й зухвалого бідняка. Він ходив у драному деéлі, гутýли в нього були теж діряві, а в животі завжди бурчало з голоду. Попри все це він вельми любив попоїсти, попити і на дурняк вдягтися. Висловлюючись мовою сучасного карного кодексу, промишляв він переважно дрібним шахрайством, а часом і не дрібним. Якщо англійський народний герой Робін Гуд банально грабував багатіїв і роздавав награбоване бідним, то Будамшýу влаштовував цілі шоу, ставлячи багатіям різні загадки, на які, в принципі, можна було відповісти, якщо елементарно ввімкнути логіку.

Але не все так просто. У народі ж як? Жадібного і не вельми розумного багатія має бути покарано, бажано матеріально, з наступною роздачею дурнячка бідним. Якщо не вдасться забрати в багатого все, то непогано хоч би поживитися за його рахунок. Дехто називає це грабунком, дехто шахрайством, а дехто — соціальною справедливістю.

Ось типова історія.

Якось захотів був Будамшуу добре попоїсти. Прийшов до попової хати, встромив у землю палицю та й сидить собі.

Вийшов піп з дому й питає його:

— Як тебе звати і що ти тут робиш?

— Мене звуть Нагодуйдосхочу. У цю нору забігла руда лисиця. Ось я її в ній і закрив. Пів дня вже сиджу, хоч мені вже пора йти. Тож я зайду до вас, нап'юся водички, а лисиця нехай буде ваша, бо мені нема коли її тут висиджувати! — відповідає Будамшуу.

Зрадів піп, захотілось йому мати лисицю, от він і каже хлопцеві:

— Ну добре, йди, я її постережу.

Зайшов Будамшуу в попівську хату й почав попадю забалакувати. Піп чекав-чекав його та й почав гукати:

— Нагодуйдосхочу! Нагодуйдосхочу!!!

Почула попадя чоловіків голос і дуже здивувалася:

— Про що то він кричить? Нагодуй досхочу? Чого б це я тебе, босяка обдертого, годувала?

А піп знову кричить:

— Нагодуйдосхочу!

Дивується попадя, але ставить перед Будамшуу на стіл різні наїдки.

Так кмітливий Будамшуу і наївся досхочу.

Звісно, брехун, реготун і провокатор Будамшуу — це не показник народного характеру, але яскравий приклад того, що буває, коли людина хоче смачно їсти, солодко пити і гарно вбиратись, докладаючи до цього мінімум зусиль. А ще це чудове свідчення любові бурят-монголів до загадок і гри в слова.

Чімітдорж не виняток. Мій багша полюбляв говорити так, що ми не могли зрозуміти — марить він чи намагається нам щось сказати.

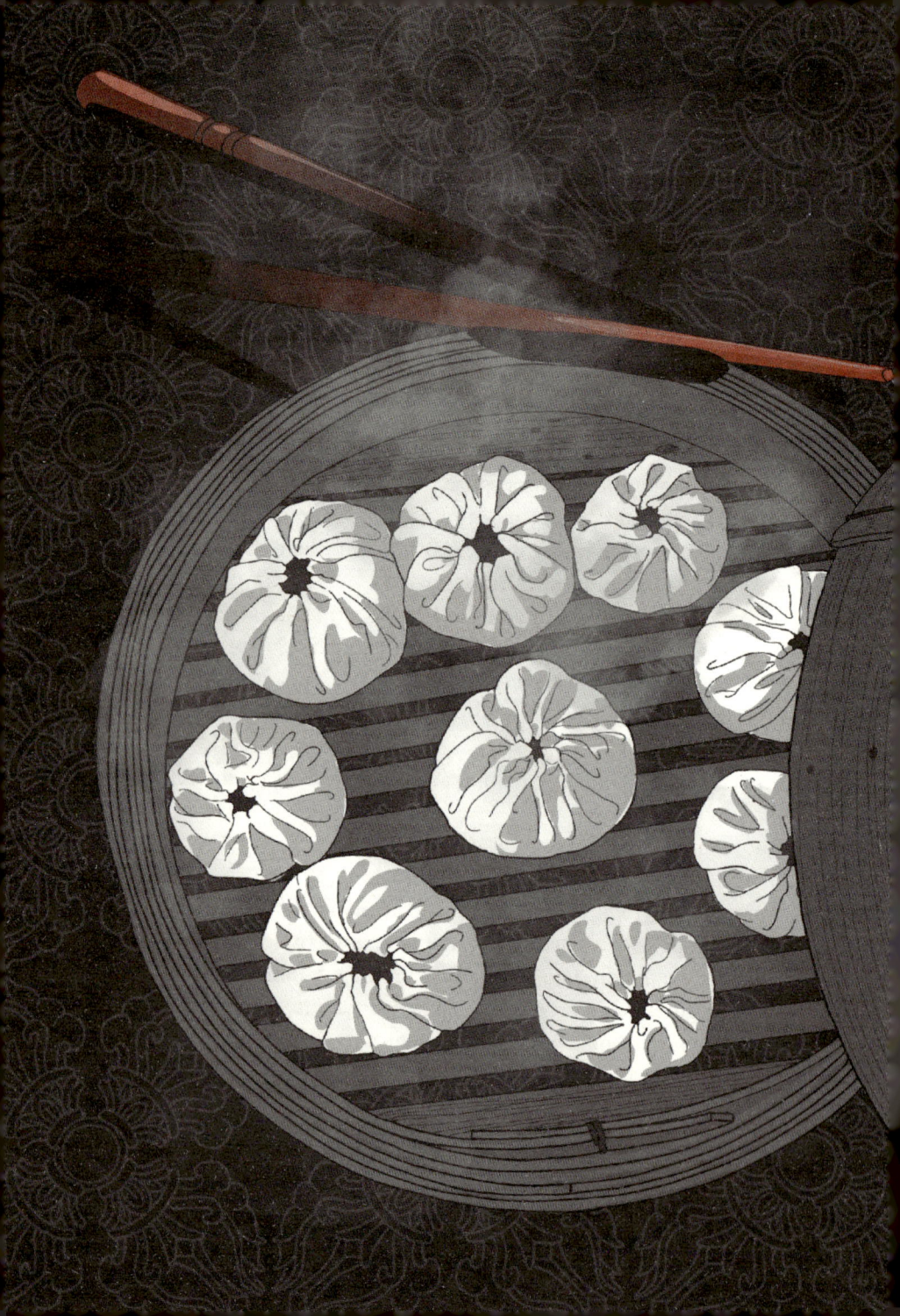

Приміром, вечеряємо ми спокійно, Чімітдорж дивиться на мене уважно й раптом питає: «Де межа ситості?». У мене ледь бууза з рота не випала. Я й кажу: «Ну яка тут межа? От коли людині вже в горлянку нічого не лізе — ото і є межа».

Беліґто при цих словах делікатно відсуває від себе тарілку, витирає губи серветочкою, наче англійський лорд, і каже: «Дякую, я вже не голодний». А Чімітдорж багатозначно піднімає пальця вгору й каже: «Один їсть мало, але не голодний. А інший не перестає їсти, але ніяк не може вгамувати голоду». Беліґто реготнув. «Один» — це, звісно, Беліґ, а «інший» — це, відповідно, я. Учитель так повчає, щоб я, значить, багато не жер. Оце вже дзуськи! Коли на столі гарячі жирні буузи, мене такими дешевими приказками не відохотиш!

З одного боку, все це мудрагельство й натяки — добра розминка для мозку, а з іншого — рідкісне занудство. Так я вважаю.

Хоч, якщо вже ґеть відверто, то загадка про «червоний» і «синій» — це не занудство, а скоріше маячня й марення. Та це тільки на перший погляд. Якщо розібратись, то це не просто зашифроване послання, але й пряма вказівка до дії.

У цій великій задачі, що містилася на тханґці, нам залишилося розгадати тільки останню ланку — з черепом. Тепер ми принаймні знали, де той череп шукати. Біля сопки Баян-Тогод.

Я добре знав ту місцевість, бо на вершині цієї гори стояв *субурґáн*[1] — ритуальна буддійська ступа, до якої щороку робили сходження монахи. Старі розповідали, що раніше

---

[1] *Субурґáн* (бурят-монг.: མཆོད་རྟེན་, *mchod rten* — тиб.) — ступа, або «*чортéн*». У буддизмі — монументальна культова споруда для зберігання реліквій і артефактів.

ченці на вершину цієї сопки піднімались навколішки, але тепер, у вік космосу та кнопкових телефонів[1], ніхто так уже не робить.

Ходу до місця — якісь дві-три години. Нам хотілось піти туди негайно, тим більше, що повертатися в монастир після накоєного з пожежною тривогою зовсім не хотілось.

— Нам потрібні інструменти, — я подивився на Беліґто, шукаючи підтримки.

— Лопати, мабуть, потрібні... — Беліґто теж не дуже хотілось повертатися в монастир.

— І кайло. Ти бачив, який там ґрунт? Земля впереміжку з камінням!

— І справді. Де нам усе це взяти?

— Ходімо в село — там, де стоїть колгоспна техніка, є стодола. У ній повинні бути лопати.

Я обережно вийняв тханґку з рамки, поклав рамку під деревом, зверху накрив тацею. Малюнок акуратно згорнув у рулон і сховав за пазуху. Тепер ми не викликали жодної підозри — просто собі два хлопця з монастиря, які вештаються селом, — що ж тут такого?

Господарський двір був біля самої пошти — тут зберігали свій інструмент бригади, що обслуговували мережу іригаційних каналів, які, мов павутиння, обплутували весь наш район. Звісно, тут були й лопати, і кайла, і навіть величезні тачки на двох колесах. Ми спокійно зайшли на територію, взяли лопату і кайло, вийшли на вулицю і, не зустрівши ні душі, покрокували на вихід із села. Ішли швидко, бо не

---

[1] Наприкінці 1980-х з'явились перші кнопкові телефони. До того були поширені телефони з дисковим набором.

хотіли попастися комусь на очі, як раптом Беліґ зупинився і витягнув шию.

— Стій, — він прислухався. — Чуєш?

Я нашорошив вуха.

— Нічого не чую.

— Там, за рогом.

І, перш ніж я встиг щось сказати, побіг за ріг сараю, що стояв край села.

— Опа-ча! Гей, наліми приплили! — за сараєм, підпираючи стіну, курив папіросу Сашка Кірпіч. Поряд стояли його вірні пси — Циря й Тумен-Тумба. О, милостивий Будда! Тільки цього нам не вистачало! Я хотів було кинутися навтьоки, але Беліґ явно був проти.

— Хе, ти своїх псів теж «налімами» кличеш? — насмішкувато спитав він, кивнув на Цирю і Тумбу. — Вони ж теж буряти!

— Ми рускіє! — обурився Циря.

— *Оро́д?! Нээрээ гу́!* — засміявся Беліґ. — *Ханаhаа гаража ерэбэ́ш? Нохойрно́гши?*

— *Бэлиг, дуугáй...*¹ — я смикнув товариша за рукав.

Судячи з тону, мій товариш не був налаштований мирно. Тим більше, що він нещодавно пообіцяв мені «виловити того барана». А Беліґ слів на вітер не кидає.

— Я нє понімаю, што он гаваріт! — криво вишкірився Циря.

— *Ши мангáд!*² — сплюнув Беліґ.

---

¹ — Росіянин?! Та не може бути! Ти звідки? Чого викаблучуєшся?
— Беліґ, ну все, тихіше... (бурят-монг.)

² — *Ши мангáд!* (бурят-монг.) Дослівно: «Ти потвора!». Є версія, що у часи «завоювання» Єрмаком Сибіру, західні бурятські племена називали недружньо настроєних прибульців *«мангáд»*, а не *«оро́с»*, чи *«уру́с»*, як східні →

— Т-ти, сучара, повторі, што ти сказал?! — Кірпіч упритул підійшов до Беліґа й штовхнув його в груди. Беліґ то похитнувся, але встояв.

— Відчепися від нього! — коли цей покидьок штовхнув мого друга, мій страх випарувався, і на його місце прийшов спокій. До того ж бійка з Кірпічом аж ніяк не входила в наші плани. Тому ні, я не був розлючений. Я був спокійний, але від цього спокою, як потім висловився Беліґ, «пахло мертвечиною».

— Чьо ти там пікаєш, овца?! — Сашка простяг до мене руку, збираючись боляче вхопити мене за шию своїми граблями й притягти до себе — улюблений прийомчик наших місцевих гопників. Але я легко перехопив його руку в повітрі.

— О, і чьо будеш дєлать? — зареготав Кірпіч.

— Падай! — вигукнув я і легко натис кривдникові на точку трошки вище зап'ястка.

— А-а-а-агх! — завив Кірпіч, гепнувся на землю й захрипів. Циря й Тумен дременули так, що й не оглядались.

— Підійдеш до нас іще раз — я тобі так на шию натисну, *ойлґбо?* — спокійно пообіцяв Беліґ.

— *За, ойлґбо! Болíиш даа...*¹ — неочікувано прохрипів Кірпіч. Я відпустив зап'ясток.

Спочатку йшли мовчки, думаючи кожен про своє. Коли нарешті враження минулих годин влягись, я сказав:

— Класний план з пожежною сигналізацією. Це було круто! Сам здогадався?

бурят-монголи. «*Мангад*», скорочене від «*Мангадхай*» — міфічне чудовисько з бурятських казок.

¹ — ...зрозумів?
— Так, зрозумів! Досить... (бурят-монг.)

— Та там усе було написано, — всміхнувся Беліґ. — «Розбий скло, натисни кнопку». Я так і зробив.

— Неабияк усі переполошилися!

— Еге ж.

— Головне, що всі одразу поперли на вихід!

— А куди б вони мали бігти?

— А статуетки будд? А рідкісні тхан́ґки? Вони все залишали на поталу вогневі? — здивувався я. — Як же так?

— Чімітдорж каже, що людське життя — найвища цінність.

— Так, але...

— Ніяких «але», Доржо. Тхан́ґка — це розмальований клапоть паперу чи тканини, статуя — шматок металу чи дерева, над якими попрацював майстер, — так каже Вчитель.

— Щось ти вночі іншої співав, — підколов я друга.

— Уночі не було пожежі, дурнику, — миролюбно відповів Беліґ, поправляючи на плечі кайло. — Бо при пожежі я б перший вилетів з дугану.

— А я? А мене б не рятував?

— Доржо, якби в тебе замість голови була дерев'яна довбня, то обов'язково рятував би. Дерево ж горить. До речі, дякую, що втрутився.

— Ти про що? — не зрозумів я.

— Про Кірпіча.

— А-а-а, та він мене вже заколупав. Та ще й, падло, тебе вдарив.

— Не вдарив, а штовхнув. Якби вдарив, то летів би далі, ніж бачив. Але все одно дякую, що втрутився. Невідомо, на скільки це могло затягтися.

— Думаєш, не вдалось би домовитись по-доброму?

— Бувають ситуації, Доржо, коли добрі слова не допомагають. Ми з Кірпічом не просто говоримо різними мовами — ми живемо в різних світах, і домовитися нам важко. Майже неможливо, — Беліґ глибоко зітхнув. — На жаль.

За такими розмовами ми дійшли до селища Іволгинськ. Сопка Баян-Тогод височіла кілометрів за два по той бік дороги.

Це була незвичайна гора. Північно-західний схил її, з боку селища, був пологий і рівний. Зате південно-східна сторона, схована від огляду з дороги, закінчувалася урвищем. Навіть складалося враження, що це половина гори. Її деколи так і називали «Пів гори». Про гору існувало повно легенд, що по-різному пояснювали походження її назви і форму. Одна легенда розповідала, що раніше тут панував теплий клімат, водилося багато антилоп і павичів. Тому сопка й має назву Баян-Тогод, що означає «Багатий павич», або ж «Багата на павичі».

Про павичів не знаю, але давні люди тут точно водились. Раніше з південно-східного краю можна було знайти безліч печер із закіптюженими входами, з доісторичними малюнками всередині. Проте землетрус 1950-го року ці печери завалив. Щоправда, кілька петрогліфів, намальованих червоною вохрою ззовні, збереглося.

Місцеві завжди вважали гору священною, і в різні часи тут стояли субургани з масляними лампадками зула́. Навколишні жителі запалювали їх по черзі.

І от тепер ми прямували туди з лопатою та кайлом, хоч і самі не знали, по що саме.

— Діти, куди це ви зібралися з тими залізяками? — гукнули нас кілька чоловіків біля селищного магазину.

— Черв'яки копати, хочемо рибку половити.

— Черв'яки?! Тут?! — чоловіки отетеріли. — Та тут же суцільне каміння! Ідіть он у той бік, у поле!

— Дякуємо, ми тут покопаємо!

— Ну-ну, рибалки, дивіться, щоб пупи не порозв'язувалися!

Ми пішли собі далі.

— Які черв'яки, Беліґ?! Що ти набалакав?!

— Ой, Доржо, пробач, треба було розповісти їм про тханґку, про червоний і синій, про Содном-ламу і про череп. Вернемося?

Я прикусив язика.

— Тоді нам треба йти так, щоб ніхто не бачив, бо світимося на все село.

— Авжеж.

До підніжжя гори ми дісталися без особливих пригод. Оскільки нам був потрібен скелястий південно-східний край, то ми почали обходити сопку справа. Стрибати по камінні з важкою лопатою на плечі — сумнівне задоволення, скажу чесно. Але якась невідома сила штовхала нас уперед.

Коники у висушеній палючим сонцем траві стрекотали, наче кулемети, високо в небі дзвіночками виспівували жайворонки, а на скелях у затінку сиділи круки й здивовано крутили чорними носатими головами, спостерігаючи за двома хлопчаками, що вперто продиралися вперед, до південного схилу.

Ми намагалися не думати про те, що зараз діється там, звідки ми прийшли. Чи хтось помітив, що зі статуй пропали камені? Чи помітили зникнення тханґки? Чи помітили нашу відсутність? Краще справді викинути це з голови. Бажання розгадати загадку й докопатися до суті геть заблокувало здоровий глузд і обережність.

— Тут, — несподівано сказав Беліґ'то.

Ми зупинилися в місцині з південно-східної сторони сопки, якраз між горою та трьома невеличкими скелями, схожими на фігурки людей. Під схилом росли кущі та невеличкі берізки.

— Тут десь має бути череп... — сказав я. — Тільки він під землею. Де ж тут копати?

— Давай мапу.

Я дістав тханґку, розгорнув її і знайшов позначку, яку поставив своїм нігтем точно в тому місці, де перетнулися червоний і синій промені.

— Дивись, позначка якраз посередині між сопкою і отією скелею, — Беліґ показав на десятиметрову скелю, що височіла метрів за двадцять од підніжжя сопки.

— Беліґ, тобі не здається, що це досить приблизні координати?

— Доржо, давай підійдемо ближче і вирахуємо цю точку.

— Ми можемо промахнутись.

— Можемо. Але промені перетнулися саме в цій точці.

У животі сіпало від хвилювання, серце гупало так, що, здається, було чутно в селищі під горою. А що, як ми не знайдемо цієї точки? А що, як ми не подужаємо там викопати і пів відра землі? А що, як ми неправильно поставили камені? Хоча ми крутили їх і так і сяк, й промені щоразу били в тому самому напрямку, бо огранка в каменів досить точна й акуратна.

І тут ми стали, мов приголомшені, — на землі каменюками завбільшки як моя голова було викладене ледь помітне коло! Якраз між сопкою і скелею! Каменюки повростали в землю, деякі взагалі ледь виглядали з трави, але, якщо уважно придивитись, то це було справжнє коло!

Мені аж млосно стало.

— Беліґ! Ти це бачиш?!

— Ми знайшли місце, Доржо. Содном-лама правду казав!

Мигцем глянувши, коло легко сплутати з місцем для вогнища — такі часто роблять у степу, щоб вогонь не перекинувся на суху траву, їх можна знайти тисячі. Проте ми розуміли, що коло особливе, бо лежало воно якраз у тому місці, що я позначив нігтем на нашій мапі.

Я встромив лопату в землю. З огидним скреготом вона ввійшла не більше, ніж на третину штика — тонкий шар зотлілої трави приховував суцільне каміння.

— Доведеться попотіти... — зітхнув Беліґ. — Почнемо!

І вдарив кайлом.

За пів години нам вдалося видовбати ямку завглибшки сантиметрів десять — каменюк було так багато, що ми спочатку вибирали їх руками, потім рубали кайлом, знову вибирали руками, і вже аж потім вигрібали землю лопатою. Було дуже важко.

Добре, що сонце вже не так сильно пекло згори й спеку можна було терпіти. Тіні довшали, добігала четверта година пополудні.

— Дивись, тут вугілля... — моя лопата зачепила чорний шар ґрунту з характерним запахом. — А що, як це просто місця для вогнища? Тут, мабуть, зупинялося багато паломників, може, вони й...

— Може! — хекнув Беліґ і вдарив кайлом. — А може, й ні! Ми ж не знаємо, правда?

— Правда...

— Ну то копаймо, може, дізнаємось!

І ми продовжили довбати рудий кам'янистий ґрунт.

За роботою й не помітили, як тіні стали такі довгі, що краї їхні позникали з очей. Сонце опустилося низенько, сунула вечірня прохолода. Ми за весь час заглибилися на метр.

Руки горіли, голова розколювалася. Неймовірно хотілося пити, а води ми взяти не те щоб не додумались — нам просто не було де її набрати.

— Я чув, тут неподалік є *аршаа́н*[1]... — сказав Беліґ. — Треба, мабуть, зайти з північного схилу.

— Ти йди, а я копатиму...

— Я скоренько.

Беліґ пішов по воду, а я з подвоєною силою почав вгризатися в кам'янистий ґрунт. Сонце нижнім краєм торкнулось обрію. Я сів на краєчок ями відсапатися. «А якщо все дарма?» — раптом подумалось. Дарма ми довбали це каміння, дарма поцупили тханґку, влаштували гармидер у головному храмі й утекли з монастиря? Нема сумніву, що нас там уже шукають, уже повідомили моїм батькам, батькам Беліґто. Вони зараз метушаться, сідають у автівки і мчать сюди... А якщо, на додачу до всього, виявили пропажу каменів і тханґки? Ану ж камені коштовні? Якась рідкісна реліквія? І тханґка також? Тоді точно викличуть міліцію... І нас поставлять на облік у дитячу кімнату... А то й посадять у колонію для малолітніх злочинців, і ми вийдемо звідти через багато-багато років, укриті синіми корявими наколками, «партака́ми», як називав їх Толян, який настроював сигналізацію...

У мене на кісточках пальців будуть сині розпливчасті букви «Дорж», а на тильній стороні долоні — сонце, що сходить над кучугурою з написом «Урал», а Беліґто прикрасять «купола» на грудях і кинджал на плечі...

— Доржо, я приніс води! — мої невеселі думи перервав Беліґ, що тримав у руках велику скляну пляшку з-під молока, наповнену чистою і холодною водою з аршаану. Вода

---

[1] *Аршаа́н* (бурят-монг.) — джерело з лікувальною мінеральною водою. За звичаєм біля джерела залишають кошик або пляшку для подорожніх.

була неймовірно смачна, трошки солодкувата й така холодна, що аж заломило зуби.

— Ти чого так на мене дивишся? — спитав товариш.

— От як загребуть нас у міліцію, і як сидітимеш у каталажці, то виколеш собі кинджал на плечі й «купола»...

Беліґ витріщився на мене так, що я аж злякався, чи не вилізуть у нього очі з орбіт і не застрибають, наче м'ячики, по камінцях униз.

— Що?! — і тут Беліґ раптом зареготав — аж круки, що мирно дрімали на скелястих виступах сопки, здійнялися в повітря і закружляли навколо нас. — Ох, Доржо, ти даєш... Ну все, годі іржати, до роботи, бо зараз геть смеркне, а в мене тільки пів коробки сірників.

І ми з потрійною силою взялися копати.

Сонце вже до половини сховалося за обрій, коли моя лопата стукнула об щось не кам'яне, і в мене від цього глухого удару облилося кров'ю серце.

— Беліґ!!!

— Тихо, тихо, Доржо. Зараз, зараз... Тихо-тихо! — Беліґ то запалив сірника, щоб розвіяти густу тінь у ямі, і нахилився. Яма тепер була нам майже по горло. — Зараз-зараз...

Він розчистив руками щось схоже на дерев'яну кришку.

— Доржо... Це якийсь ящик...

Я кинувся копати мов навіжений — обкопавши ящик навколо, ми, здираючи нігті в кров об кам'янистий ґрунт, руками розгрібали землю, поки нарешті не змогли зрушити ящик з місця. Він, на наш превеликий подив, виявився невеликим, завбільшки як наш алюмінієвий чайник, і доволі легким. Ми витягли його з ями нагору і всілися поряд. Беліґ шумно ковтнув слину.

— Давай, — глухо сказав я.

Затамувавши дух, ми відкрили кришку...

Останнє проміння вечірнього сонця вихопило з глибини ящика щось кругле. Беліґ заглянув усередину й пополотнів. Тремтячими руками він дістав з ящика людський череп.

ВИКРИТТЯ

Коли пожежники, не знайшовши, чому спрацювала сигналізація, поїхали, в монастир завітав міліційний патруль. Виклик був хибний, але все одно це був виклик — скло тривожної кнопки хтось розбив і натис на неї. Міліція хотіла знати, хто саме це зробив і навіщо. Провокація чи просто дрібне хуліганство?

Поки експерт оброблявся скло та кнопку чорним порошком для зняття відбитків пальців, слідчий намагався встановити, чи часом хтось із мирян або лам не бачив чогось підозрілого.

— Ламбагай, а де ваші хлопці?

Чімітдорж одірвався од змішування чергових ліків і підняв очі на Кульбабку.

— Не знаю, — спокійно відповів. Він здогадувався, чим ми в цю мить займаємось, але сказав чисту правду — він і гадки не мав, де ми.

— Вони готували чай для ченців під час Сахюусан-хуралу, а потім люди бачили, як вони тікали з храму, — пояснив Кульбабка. — З ними хочуть поговорити працівники міліції.

— Якщо я їх побачу, то перекажу, — так само спокійно відповів Чімітдорж.

Кульбабка зиркнув на порожні кімнати в будиночку, вклонився і вийшов.

Чімітдорж не любив міліцію. Не те щоб він порушував закон, ні. Ну як буддійський монах може порушувати закон? Він просто не любив людей у формі. І не любив він їх змалку, з тих часів, коли люди в малинових кашкетах ОДПУ схопили його, десятирічного, заштовхали у фургон вантажівки й привезли в Улаан-Уде. Не любив, бо потім, коли вже став ламою, його часто викликали на «бесіди», пропонуючи співробітництво. Серед Чімітдоржевих пацієнтів були непрості люди, котрі ділились з ним не лише своїми болячками. Проте старий лікар був непоступливий і під час таких «бесід» здебільшого мовчав. Дивно, але йому з часом дали спокій.

Раз були ми взимку в місті і на кінцевій зупинці, на площі Банзарова, чекали наш автобус. Райончик, незважаючи на близькість до центру міста, мав лиху розбійницьку славу, до того ж було пізно і ми на зупинці були самі.

— Ей, дядя, закуріть єсть? — підвалила до нас компашка — п'ятеро молодиків.

— Нема, — спокійно відповів Чімітдорж, ховаючи мене за спину. — Ми не куримо.

Однак молодикам потрібні були не цигарки. Без зайвих розмов один хапає Вчителя за барки, двоє нишпорять по кишенях, один відштовхує мене геть, а останній стоїть збоку й спостерігає за навколишньою обстановкою.

Я роззявляю рота, щоб кричати, й бачу перед собою величезний кулак. Я все одно кричу. Тоді один з них замахується, щоб мене вдарити.

І тут Чімітдорж злегка торкається нападника десь біля шиї. Той без звуку падає горілиць додолу, як лантух з бараболею.

— Гля, он Кяхту вирубіл! Валім, шухєр!!! — решта покидьків кидається навтьоки, покинувши дружка.

Усе діється так швидко, що я не встигаю навіть примружитись в очікуванні удару. Учитель, акуратно обійшовши тіло, бере мене за руку й відводить убік. Через дві хвилини підкочує автобус, і ми спокійно в нього сідаємо. Нападник весь цей час нерухомо лежить на землі й тихенько стогне.

— Сиди тут, — лагідно каже мені Вчитель, підходить до водія і щось йому каже у відчинене віконечко. Водій кулею вилітає з автобуса в салон.

— З вами все в порядку? Усе гаразд? Ойео!.. — стогне він і щось тихо примовляє бурятською.

— З нами все гаразд, от тільки грошей у нас немає, — всміхається монах. — Ви нам пробачите?

Водій мовчки дістає з гаманця тридцять копійок, кидає в касу і відмотує нам два квитки.

— Може, міліцію? — питає.

Учитель знов усміхається й каже:

— Ми дуже втомилися. Хочемо додому.

Водій вистрибує з автобуса і, пробігаючи повз нападника, що нерухомо лежить на асфальті, щосили копає його в зад.

— Чому ви не викликали міліцію? — спитав я Чімітдоржа, коли ми вже приїхали в монастир.

— Було пізно. Ми мали бути в монастирі до заходу сонця, я просто не хотів запізнюватись, — відповів монах.

Днів через кілька лунає стук у наші двері. Я відчиняю і ледве встигаю відстрибнути — якась жіночка валиться з порога навколішки й починає голосити. Жодного її слова розібрати неможливо. Виявляється, це мати того самого нападника. Пізно ввечері її сина принесли додому міліціонери. Ледь-ледь говорити син ще може, а от поворухнутися — вже ніяк. Лежить прямий, як палиця, м'язи напружені, весь труситься, мов у гарячці. Повезли його в лікарню швидкої допомоги. Що тільки хірурги не зробили — ніщо не помогло. Повезли в Республіканську лікарню. Там бились-бились — теж ніщо не діє. Ні міорелаксанти, ні масаж, ні ванни. І тут один старенький лікар-бурят і говорить: «Кажете, вони образили ламу? Ну то везіть його в монастир, тут ми вам не допоможемо».

Виходимо ми на ґанок, а там стоїть, похнюпившись, уся шайка, всі «герої». Чімітдорж підійшов до хворого, що лежав на ношах, ледь помітно провів по шиї рукою — і той одразу обм'як. І як обм'як, так одразу й обмочився — несила вже було держати все те в собі.

Отака була історія. І тепер, коли нормальні люди побігли б у міліцію, Чімітдорж волів триматися від людей у сірій формі якомога далі. Не тому, що не довіряв. Просто асоціації з дитинства були погані.

Уже вечоріло, а міліцейський УАЗ іще стояв біля монастирських воріт. Старий монах зітхав, пробував заглибитися в тибетські тексти, але зосередитися не виходило. Коли надворі засвітилися ліхтарі, у двері знову постукали.

— Мэндээ, Чимиддоржо.
— Мэндээ, Жимбаа. Ьонин?
— Угы. Ухибүүд хаанаб?
— Мэдэхэгүй.¹

Тільки Чімітдорж міг називати хамбо на ім'я. Верховний лама сів на тапчан біля Чімітдоржа й важко зітхнув.

---

¹ — Вітаю, Чімітдорж.
— Вітаю, Жимба. Новини?
— Ніяких. Де хлопці?
— Не знаю. (бурят-монг.)

— Відчуваю, щось діється. Нічого мені не розкажеш?

— Нема що й розповідати. Хлопці були в Соднома, — тихо сказав Чімітдорж, хвилину помовчавши.

— Я знаю, — знову зітхнув хамбо-лама. — Після того вони були і в мене.

— Вони щось знайшли. І я думаю, що вони в халепі.

— Я теж про це думаю.

— Треба щось робити.

— Треба йти до Соднома. Він ключ до всього цього.

У двері знов постукали.

— Учителю! — на порозі стояв стривожений Кульбабка.

— Слухаю, Дамдін.

Дамдін-лама м'явся на порозі, боязко поглядаючи на Чімітдоржа.

— З Цогчен-дугану дещо пропало.

— Давайте, я вгадаю, — сказав хамбо. — Тханґка Соднома-лами?

Кульбабка пополотнів.

— Так!.. — самими губами прошепотів він. — І ще дещо...

Через п'ять хвилин хамбо стояв перед вівтарем і дивився на статуї Ямантаки і Хаяґріви.

— Зникли індійські рубін і сапфір, — Кульбабка переминався з ноги на ногу.

— Щось іще?

— І тханґка.

— Ваше преосвященство, — обережно спитав один з міліціонерів. — У вас що, коштовне каміння зберігалося просто так, без належної охорони?

— А ви хто? — не дивлячись на правоохоронця, спитав хамбо-лама.

— Старший сержант Жамбалов, Іволгінский райвідділ.

— Тут є сигналізація.

— Є, але ця сигналізація годиться для овочевого магазину, а не для приміщення, де зберігаються матеріальні цінності.

— У нас тут цінності тільки духовні, — колюче відповів хамбо. — А також культурні.

— Хтось у пошуках духовних цінностей вночі заліз у храм крізь вікно, — спробував пожартувати сержант, вказуючи рукою на експерта, що метушився біля рами. — Вікно було не зачинене, і зараз мій експерт зніме з нього «пальчики». Поцікавимось, хто ж тут у вас охочий до духовних цінностей.

— «Тут»? Ви впевнені, що це хтось із монастиря? — спокійно, з металом у голосі, спитав хамбо.

— Так, тут... — знітився сержант. — Мені казали, що двоє ваших хувараків нещодавно тут нишпорили, розпитували всіх про цю тханґку...

— Хто?

— Ну ці, як їх... Доржо і Беліґто. Де вони, до речі?

— Я маю на увазі, хто вам вказав на моїх хубараґів?

Старший сержант стрільнув очима на Кульбабку. Той втягнув голову в плечі. Рука хамбо-лами нервово сіпнулася.

— Я попрошу вас покинути територію монастиря негайно, — не дивлячись на міліціонера, процідив верховний лама.

— Але, ваше преосвящ...

— Негайно!

— Але...

— Усе, що відбувається на території мого монастиря, робиться з моєї санкції та благословення. Це внутрішня справа Санґхи. Я вас не викликав, я не писав заяви і вважаю, що ваша присутність тут небажана.

— Але...

— Чи мені набрати номер прокурора Покацького, і Олександр Пилипович вам сам пояснить Процесуальний кодекс?

Прізвище прокурора республіки справило на сержанта враження. Його очі одразу забігали, іронічний тон випарувався, він почервонів і якось одразу зіщулився.

— Ісаєв, закругляйся! — гукнув він експертові.

— Та я ще не закінчив, — почав було експерт.

— Закругляйся! Їдемо!

— Але...

— Закругляйся, Ісаєв!!!

— Добре, добре! — підняв руки експерт. — Закругляюся!

— Ваше прізвище походить од бурят-монгольського імені Жамба́л? — спитав раптом хамбо. — Ви знаєте, що воно означає?

— Ні... — почервонів міліціонер.

— *Та хэн гэжэ нэрэтэйбта? Буряа́д хэлэтэ́й гу́т?*[1]

Міліціонер потупився. Як і більшість бурятів, що за радянських часів виросли в містах, він не знав рідної мови. Хамбо розчаровано похитав головою.

— Жамба́л — це одне з імен Будди Манджушрі. А Манджушрі — це втілення найвищої мудрості — *Праджня-парамі́ти,* — тихо пояснив верховний лама. — Дамдін-лама проведе вас до виходу.

Коли міліціонери в супроводі наляканого Кульбабки вийшли з храму, Чімітдорж і хамбо уважно оглянули пошкоджені статуї дхармапал. Зовні вони не змінились, от тільки на місці третього ока зіяли порожні очниці — у Ямантаки овальна, а в Хаяґріви — кругла.

— Синій і червоний, — промовив хамбо. — Ти ба. Скільки років ходив повз них, і не здогадався. Ці дхармапали з твого ж дацану.

Чімітдорж кивнув.

---

[1] — Вас як звати? Ви говорите бурятською? (бурят-монг.)

— Так, вони з Ґандан Чойпеллінґ, це я знаю. Пам'ятаю їх ще на старому місці.

— Тебе взяли в двадцять дев'ятому році. А їх вивезли разом з великою партією дорогоцінних книг і статуй у тридцять сьомому, якраз перед тим, як твій монастир закрили остаточно.

— Дивно було їх тут побачити.

— А знаєш, як вони опинилися в цьому монастирі? У п'ятдесят третьому, коли Соднам вернувся після відсидки, Дармаєв[1], тодішній хамбо, одразу дав запит у Республіканський музей саме на ці дві статуї. Мій попередник, Гомбоєв[2]... Пам'ятаєш шановного Жамбал-Доржі?

Чімітдорж кивнув.

— Я ж прийшов у монастир у п'ятдесят дев'ятому, при Шарапову[3]. Пам'ятаю, звісно, як його обирали.

— Подейкують, що ці статуї з'явилися тут саме через Соднома.

— Так і тхангку він же намалював... — відгукнувся Чімітдорж. — І кілька днів тому Доржо і Беліґто до нього заходили.

— Не подобається мені все це, — зітхнув хамбо. — Треба негайно йти до Соднома. Доведеться порушити його спокій.

---

[1] XVII Пандідо хамбо-лама Лубсан-Німа Дармаєв (1890–1960) — організатор й ініціатор будівництва монастиря «*Ґандан Даші Чойнхорлін*», де живуть Доржо і Беліґ.

[2] XIX Пандідо хамбо-лама Жамбал-Доржі Гомбоєв (1897–1983).

[3] XVIII Пандідо хамбо-лама Еши-Доржі Шарапов (1892–1963) (перебував у титулі з 1956 по 1963 роки) — репресований радянською владою 1931 року. Вивів організацію буддистів СРСР на міжнародний рівень. У 1956 році делегація буддистів СРСР на чолі з Шараповим уперше взяла участь у IV Всесвітній конференції буддистів у Катманду (Королівство Непал).

До будиночка Содном-лами підійшли, коли захід уже ледь багрянів на темному небі, а на вулицях монастиря ввімкнулися ліхтарі. Попри пізню годину в житлі відлюдника не світилося.

Хамбо ступив на ґанок і обережно постукав у двері.

— *Мэндээ, ламбагай!*

У відповідь тиша.

— *Мэндээ, ламбагай! Содно́м ламбагай! Содном! Хөөрэлдэхэ сүлөөтэй гүт?*[1]

Чімітдорж і Хамбо перезирнулися. Верховний лама штовхнув двері — вони були незачинені.

У темряві кімнати за столиком ледь виднілася згорблена постать лами. Оскільки електрики в будиночку не було, Хамбо підійшов до низенького столика, намацав на краю сірники й запалив лампадку. Ченці побачили старця, який сидів за своїм столиком і, здавалося, задрімав на хвилинку, читаючи сутри.

— Содном? — старий лікар поклав два пальці на його шию.

Содном-лама був мертвий.

---

[1] — Вітаю, шановний лама! Содном-лама! Содном! Маєте час поговорити? (бурят-монг.)

У ПАСТЦІ

Беліґ тримав череп обережно, кінчиками пальців, ніби готовий будь-якої миті його відкинути, якщо той раптом спробує гризнути йому руку. Череп був майже чорний, трохи липкий, покритий маслянистою темною плівкою. Жовті зуби також були з чорним нальотом. Кількох кутніх зубів не вистачало і на нижній, і на верхній щелепах.

— Чортівня якась... — прошепотів я. — І що, це все? Більше нічого немає?

Беліґ заглянув у ящик.

— Нічого, тільки цей череп. Ану потримай!

— Та ні, знаєш, якось шухерно. Давай його десь покладемо...

Беліґ реготнув.

— Ти що, черепа злякався? — Беліґ перехопив череп по-іншому — однією рукою за потиличну частину, другою за нижню щелепу, і зробив характерний рух. Череп клацнув зубами геть як живий. Це було страшно і водночас смішно. Попри сильну втому, ця витівка нас розсмішила.

Нарешті Беліґ поклав череп на землю і взяв ящик. Ні напису, ні мітки — просто собі дерев'яна коробка, в яку вміщався тільки череп.

— Цікаво, чий це череп?

— Не знаю. І навряд чи він нам скаже.

— Але ж Содном-лама казав, що череп нам підкаже, що робити далі. Але як?

Беліґ знов узяв знахідку в руки.

— Що я вам маю підказати, дурні пацани? — несподівано прогарчав череп голосом Беліґа й заклацав зубами. Ми знов засміялися. І тут я щось помітив.

— Дивись...

На черепі, прямо на самому тімені, була якась відмітина. Беліґ протер її рукавом. Проступив один з найпоширеніших символів буддизму — Колесо Дха́рми[1].

— Що б це могло означати? — промимрив Беліґ. — Що нам треба сповідувати буддизм?

— Що наші тіла — це тільки оболонки у вічному обертанні Сансари[2]? — припустив я.

— А може, це череп якогось знатного лами-переродженця? Якась реліквія?

— Та яка це реліквія! Звичайна костомаха. Як ми можемо знати, кому вона належала? — я знизав плечима.

— Доржо, тут явно щось нечисто. Череп і Колесо Дхарми. Ні підказки, ні напису якогось — нема нічого. Як же це розгадати?

---

[1] *Колесо Дхарми* (धर्मचक्र, *dharmacakra* — санскр.) — один із символів буддійського Вчення, «колесо закону», яке символізує шлях до просвітлення і звільнення від череди кармічних перероджень у Сансарі. Зображується у вигляді стилізованого колеса з вісьмома шпицями, які, у свою чергу, символюють «Вісімковий шлях», вказаний Буддою Гаутамою.

[2] *Сансара* (संसार, *Saṃsāra* — санскр.) — нескінченний цикл перероджень і страждань (народжень, хвороб, тортур і смертей), сфера, де атман, душа, особисте «я» (як собі схочете) обертається, доки не звільниться від прив'язаностей, бажань та нездійсненних потягів, словом, від усього, що зазвичай призводить до страждань.

— Содном-лама сказав: «Череп підкаже, що робити далі». Може, він нам підказує, що вже пора додому, га? Уже пізно, нам і так влетить, зате хоч виспимось. Може, Колесо Дхарми — це і є наш монастир?

— Доржо!

— Що?! Уже поночі! Як ми доберемося додому? Де ми будемо ночувати? Тут уночі холодно, як на полюсі!

Це була правда — вночі на наших широтах навіть посеред спекотного літа температура дуже знижується. До того ж на сопці постійно, що вдень, що вночі, дме сильний вітер. Та й додому хотілось, хоч нас там нічого доброго не чекало.

— Стривай, Доржо. Дай подумати.

— То й думай, — образився я. — А я збиратимусь.

Я акуратно зібрав інструмент, витрусив зі взуття камінчики, витріпав одяг. Узяв пляшку й пішов до джерела набрати смачної води на зворотну дорогу. Що робити далі, я собі уявляв поганенько. Поки ходив, сутінки погустішали й доводилось видивлятися стежку, щоб не перечепитися через якусь каменюку чи не впасти з обриву.

Коли я вернувся, Беліґ'то сидів на краю ями.

— Доржо. Потрібні палиці й березова кора. Ходімо в гай збирати!

— Навіщо?!

— Будемо копати далі.

Я зітхнув.

— Беліґ, ти що! Ти при своєму розумі? Куди копати? Чому копати?! Навіщо?!

— Я тут подумав, Доржо… Колесо Дхарми… Знаєш, чому Колесо?

— Чому?

— Тому що Колесо Дхарми — це символ безперервності. Відколи його запустив Будда Гаутама, воно обертається вічно!

— То й нехай обертається. А до чого ти хилиш?

— Череп підказує, щоб ми копали далі. Щоб ми не зупинялись! Розумієш?

— Це ж скільки ми будемо копати? — засумував я.

— Поки не докопаємось!

Ми ледь чи не навпомацки пішли в гай, який завидна бачили неподалік, за скелями. У цьому урочищі росли здебільшого низькорослі берізки, замучені постійними сильними вітрами. Я дістав ножа й зрізав кілька порівняно прямих гілок.

— Нам потрібно багато, штук двадцять! — Беліґто обривав з гілок листя. — І кори треба нарізати.

— Для чого? — аж тепер здогадався спитати я.

— Для факелів.

Факел з березового лубу! Я добре знав, що це за штука і як вона робиться, тому без зайвих питань почав зрізати з беріз широкі й довгі клапті кори. Кожен зрізаний прямокутник я утримував руками, не даючи згорнутись у тугу трубочку. Потім вставляв край клаптя в розщеплену на кінці палицю і закручував кору в бік, протилежний її природному вигинові. Річ у тому, що коли кора горить, то закручується саме так, у зворотний бік, при цьому міцно огортаючи палицю, на яку вона насаджена. І так я накручував ще по кілька шарів кори, щоб на кінці палиці утворювалася своєрідна булава. Ця «булава», якщо вона має п'ять-шість шарів, то з пів години горить яскравим полум'ям, яке доволі важко погасити, — ідеальний ліхтар, що його нам подарувала сама матінка-природа.

Швидко зробивши двадцять таких факелів, ми вернулися до ями, запалили перший і почали копати.

Зціпивши зуби й не марнуючи дорогоцінного часу, ми сантиметр за сантиметром вгризались у кам'янистий ґрунт, поглиблюючи яму. Я ні про що не думав, перед очима був червоний Хаяґріва, що витанцьовував поряд із синім Ямантакою в містичному танці *Цам*[1]. Вони кружляли, піднімаючи руки з мечами, чашами, зробленими з людських черепів, і раковинами-*шáнкхами*, в які дхармапали сурмили, закликаючи до пробудження й праці для добра всього живого.

Ми запалювали факел за факелом і все викидали й викидали породу з ями, поглибивши її так, що краї стали значно вище наших голів. Для мене не існувало нічого, крім лопати, твердого ґрунту та каменюк, що летіли з-під кайла, яким з усієї сили орудував Беліґ. Руки наші вкривалися кривавими пухирями, які одразу ж і лускали. Держаки лопати і кайла стали слизькими й липкими од крові. Перебуваючи в цьому дивному трансі, ми не зразу почули глухий удар кайлом об щось дерев'яне. На другому ударі згас факел.

Поки я в повній темряві запалював черговий, Беліґто вже руками розчистив щось подібне на дерев'яний люк.

— Це ящик?

— Не знаю. Це щось велике... Та ми на ньому фактично стоїмо! — Беліґ тупнув по дошках — вони гулко відгукнулися.

— Там порожнина!

— Доржо. Здається, ми докопались.

Дошки були гладенькі й підігнані одна до одної так, що ні зачепитись, щоб їх підняти, ні принаймні знайти, з якого

---

[1] *Цам* (монг.; འཆམ, 'cham — тиб.) — містична релігійна служба, що проводиться просто неба, переважно на майданах перед храмами. Сама служба складається з танцювальної пантоміми, яку виконують посвячені лами в масках *докшíтів* (захисників Вчення). Мета містерії — показати присутність божества на землі і відлякати злих духів як від монастирів і *Сáнґхи* (релігійної громади), так і від мирян.

боку до них підступитись, щоб відкрити, було неможливо. Ми вигребли всю землю, що вкривала дерев'яні дошки, й руками розчистили всі кути. Стало видно квадратну ляду з довжиною сторін приблизно метр.

— Стривай! — мене осяяв здогад. — Беліґ, я біля аршаану дещо бачив! От якби була мотузка...

— Зараз добуду! — І мій товариш розчинився в темряві — навіть факела із собою не взяв. Я ж пішов до джерела, де кілька годин тому бачив здоровезний будівельний цвях, певно, забутий майстрами, що робили до джерела пандус. Так і є! Великий, завдовжки з сантиметрів дванадцять, тільки трохи вкритий іржею, цвях лежав коло самого джерела. Я його схопив і побіг назад. Було темно, захід уже не світився блідою синьою смужкою. Стояла глупа ніч, і навіть з факелом у руках бігати біля священної сопки, населеної, як ми вважали, цілою гвардією духів, було доволі моторошно.

— Приніс?
— Приніс.
— Де ти знайшов цей цвях?
— Коло джерела. А ти де мотузку взяв?
— Звисала з сусідньої скелі, мабуть, альпіністи покинули.
— Альпіністи?

Товариш мовчки показав карабін, що теліпався на одному кінці линви.

— Як же ти її зняв?!
— Виліз на скелю.
— У темряві?! Ти міг в'язи скрутити!
— Ну, не скрутив же, — всміхнувся Беліґ.
— А як ти її помітив та ще й запам'ятав?
— Я б і не згадав про неї, якби ти не спитав.

Наш мозок здатний запам'ятовувати цілу гору непотрібної, на перший погляд, інформації. Наприклад, мотузка, що звисає зі скелі, або цвях біля джерела. Здавалось би, абсолютно непридатна і зайва для нас інформація, правда? Але саме вона допомогла нам знайти інструменти, які ще на крок наблизили нас до розгадки. Тож треба дуже уважно ставитися до нібито незначних деталей, щоб згадати про них у правильний час і застосувати в правильному місці.

«Завжди запам'ятовуйте дрібні деталі, — вчив нас Чімітдорж-лама. — Наприклад, як пацієнт поводиться, у що він вбраний, чим від нього пахне, якого кольору його шкіра чи в якому стані очі. Поганий запах з рота може свідчити як про погану печінку чи підшлункову, так і про бактеріальну інфекцію в роті. А мішки під очима можуть вказати на проблему з нирками чи серцем. Ніколи не нехтуйте дрібними деталями — вони, як червоні прапорці, можуть підказати вам дорогу», — настановляв нас старий лікар.

Я взяв каменюку й під кутом загнав цвях у середню дошку рівно за десять сантиметрів од її краю. Потім тим самим каменем, використовуючи палицю від згорілого факела, загнув цвях у петлю. Вийшло щось віддалено схоже на кільце, за яке можна було вчепити карабін. Коли ми вже готові були потягти за мотузку, Беліґ' раптом сказав:

— А якщо там отрута?

Я враженно втупився в товариша. Запитання було таке неочікуване, що я аж сів.

— Яка ще отрута?

— Ну така, як у давньоєгипетських гробницях! Після того як розкрили могилу Тутанхамона, знаєш, скільки народу повмирало? А все тому, що жерці заклали туди отруту.

— То не отрута була, а грибок такий, цвіль.

— Ага, де там. У нас он на холодильнику хліб зацвів, то що, теж отрута?

— Ти той хліб їв?

— Що ти, Доржо! Викинув, звісно!

— То що, не будемо відкривати цю ляду? Ану ж там якась цвіль?

— Ти дурний, чи що?!

— Я дурний?! А хто ж тут співає про отруту?

— Я просто подумав...

— Пізно вже думати, Беліґ. Ми камінці виколупали, тханґку вкрали, з монастиря втекли і відкопали череп! Довбешки нам і так уже гарантовано відкрутять, а ти тут про свою отруту! — і я щосили потягнув за мотузку.

Дерев'яна ляда на диво легко піднялась і стала на бік. З ями тхнуло чимось старим. Не затхлим і не гнилим, а теплим і терпким — так пахнуть старі меблі на горищі. Ми присвітили факелом і побачили вузький прямокутний отвір-лаз. Лігши на животи, зазирнули в нього. Усередині лаз був викладений дошками і під доволі сильним кутом ішов углиб. Ми опустили факел на витягнутій руці, але кінця ходу не побачили.

— Треба лізти, — сказав Беліґ.

— Страшнувато.

— Я полізу перший.

— Чого зразу ти? — не те щоб я горів бажанням лізти в нору, мені просто було цікаво.

— Бо я старший.

Аргумент був залізний, і я не придумав, як заперечити.

Беліґ узяв новий, незапалений факел і на животі, наче велика ящірка, став заповзати в хід. Спершу проліз з плечима, потім по пояс, потім стирчали тільки ноги. Врешті зникли й вони. Я залишився назовні чекати сигналу. Деякий час з лазу було чути тільки шурхіт і кректання, а незабаром я побачив і слабке світло — Беліґ запалив факел. Однак згодом усе зникло — і світло, і звуки. Так тривало нестерпно довго. Я вже почав шкодувати, що не прив'язав мотузку за Беліґову ногу, щоб у разі чого її смикнути.

Минуло ще кілька хвилин, які здалися мені годинами. З-під землі нічого не було чути. Цілковита тиша й темрява. Я запанікував. У підземеллі ж немає повітря — пізно з'явилася твереза думка. Беліґ там просто задихнувся! І якщо я туди полізу, то теж задихнуся!

— Беліґ?! Ге-е-е-е-й! Агов!!! Ти де, Беліґ?! — закричав я в темну нору.

У відповідь — тиша.

— Беліґ?! Ге-е-е-е-й!!! — я опустив факел у лаз і закляк — полум'я раптом потягло всередину, ніби засмоктувало в цей клятий хід.

— Бе-е-е-е-е-л-і-і-і-і-ґ!!! — заволав я так, що почули, напевно, в Іволгинську. А якщо ця клята діра засмоктала мого товариша точно так само, як полум'я факела?!

— От гівна ж тобі повну пельку! — глухо долинуло знизу.

— Беліґ?!

— От гівно ж ти нероздушене!

— Сам ти гівно!!! — такий поворот подій збив мене з пантелику і неабияк розізлив.

— Доржо, лізь сюди й сам подивися!

— Куди лізти?

— В гузно!

Якщо завжди спокійний і розсудливий Беліґто лаявся, то це означало, що діялося щось украй незвичайне, тому я без зайвих слів запалив новий факел і поліз під землю.

Я насилу втиснувся у вузенький лаз плечима. Викладений згори, знизу і з боків дошками, він був ніби створений так, щоб пролізти в нього могла тільки дитина. Потік повітря негайно підхопив полум'я, й воно затріпотіло, ніби намагаючись за будь-яку ціну потрапити під землю раніше за мене. Деякий час я повз, точніше, ковзав, під доволі крутим кутом униз, але через кілька метрів лаз міняв напрямок і йшов уже паралельно до земної поверхні. Принаймні таке складалося враження. Ще через кілька метрів він знов опускався вниз, і вже тоді, глибоченько внизу, я побачив світлий прямокутник — там був Беліґ.

Я в буквальному сенсі цього слова викотився, точніше, випав з вузького ходу в невеличку кімнатку. Стеля була низька, на повний зріст ми стати не могли. Я підібрав свій факел і озирнувся.

— Оце ж задниця! — вирвалося в мене.

Беліґ стояв поряд, замурзаний і щасливий. Очі його блищали, мов у хворого на гарячку.

Невеличку камеру, таку площею, як наша кімната в монастирі, але зі значно нижчою стелею, наповнювали, тьмяно поблискуючи золотом, однакові фігурки Будди Гаутами. Усі вони лицем були звернені до виходу з камери. Складалося враження, що будди спокійно й уважно роздивляються прибульців, які посміли потривожити їхній спокій.

— Що це?.. — одними губами прошепотів я.

— Скарби... — в тон мені прошепотів Беліґ.

Усі статуетки були однакового розміру — не більше десяти сантиметрів. Вони сиділи на однакових лотосових тронах, у всіх був однаковий умиротворений вираз обличчя, відрізнялось хіба що положення рук Учителя. Піднята вгору права рука з розкритою долонею символізувала безстрашність, захист і благословення. Частина статуеток зображала Будду, що кінчиками пальців торкається землі, закликаючи її стати свідком того, що він переміг демонів Мара, які його спокушали. Були статуетки, де вказівний і великий пальці правиці Будда змикав у кільце — це означало зосередження і готовність донести до людей суть Учення. Були й такі, де руки Будди лежали на колінах долонями догори, у так званій «мудрій медитації».

— Тут їх тисячі! — захоплено вигукнув я.

— Тисяча, якщо бути точним, — Беліґ не переставав бути занудою і під землею. — Згідно з буддійською традицією, в кожну *кáльпу*, тобто епоху, з'являється тисяча будд. І якщо Будда Шак'ямýні був останній із семи будд минулого, то Будда Мáйдарі буде останнім буддою цієї кальпи і...

— Ти серйозно?

— А що?

— Ні, Беліґ, ти серйозно? Ти зараз читатимеш лекцію?

— А чого ж ти кажеш: «Тисячі»? Наче не знаєш, що їх має бути рівно тисяча.

— Слухай, давай краще подивимось, що тут іще є!

Крім тисячі (утім, ми їх не поличили) позолочених статуеток будд, попри стіни були розкладені стоси акуратно загорнутих у шовк безцінних старовинних тибетських книг, ритуальні чаші — ґабали, зроблені з верхньої частини людських черепів, оправлені в срібло й інкрустовані кривавими індійськими коралами та блакитною бірюзою з Амдó[1].

Біля книг лежали якісь циліндри, обгорнуті рогожкою. Ми взяли один і розгорнули. Це була тханґка, тільки не мальована на папері, як мапа Содном-лами, а вишита тонкими, мов павутинка, шовковими й золотими нитками на ніжному

---

[1] *Амдó* (ཨ་མདོ་, *a mdo* — тиб.) — історична тибетська культурна територія на північному сході Тибетського плато. Тепер поділена між китайськими провінціями Цінхáй, Сичуáнь і Ганьсý. Батьківщина Далай-лами XIV (він народився в селі Такцéр, нині це китайська провінція Цінхай).

шовковому полотні. Я придивився, й моє серце тьохнуло — це був мій покровитель Хаяґріва, а точніше, *Ґухьясадхáна Хаяґрíва*, або, як його називають у Бурят-Монголії — *Дамдíн Сандýб*. Той самий дхармапала, з чиєї статуї я відколупав червоний камінь.

Шестирукий і шестиногий ідам з шістьма головами — трьома людськими й трьома кінськими — витанцьовував на лотосовому троні й немовби всміхався мені, якщо гнівно вищирену пащеку зі страшними зубами можна назвати усмішкою. Але, як казав мій Учитель, ніколи не можна судити про суть за зовнішньою формою. Крім Хаяґріви, ми налічили загалом тридцять таких сувоїв.

У кутку, поряд з книгами, стояло барильце з кришкою. Піднявши її, Беліґ ахнув: барильце було повне золотих і срібних монет — царських червінців, круглих китайських монет з квадратним отвором посередині, щоб зручно було носити їх у в'язці на мотузку, ще якихось круглих срібняків з ієрогліфами невідомої нам мови.

Посеред камери поряд зі стовпчиком, що підтримував дощану стелю, на оксамитовій подушці сидів нефритовий Будда. Витончена статуетка, витесана — ні, навіть не витесана, а немовби відлита з ніжного, напівпрозоро-зеленкуватого коштовного нефриту. Будда сидів на своєму незмінному лотосовому троні, склавши руки одна на одну в медитативній *дхьянí-мýдрі*.

— Я чув про цього Будду, — тихо сказав Беліґто. — Це ж той самий нефритовий Будда з монастиря Гандан Чойпеллінг. Подарунок самого Далай-лами XIII[1]. Пам'ятаєш, Чімітдорж нам про нього якось розповідав?

---

[1] *Далай-лама XIII Тхубтéн Ґ'яцó* (རྒྱལ་བསྟན་རྒྱ་མཚོ, *Thub Bstan Rgya Mtsho* — тиб.) (1876–1933).

— Пам'ятаю... Кажуть, що Далай-лама подарував скульптуру своєму наставникові, Аґвáну Доржи́єву[1], а Доржиєв передав її в той дацан.

— А тепер цей Будда тут.

— Угу...

І тут я відчув, що ґрунт пливе у мене з-під ніг. Те, що я побачив біля Будди, злякало мене, неначе поява мерця! Прямо біля лотосового трону, акуратно, мов змійка, що гріється на сонці, лежала згорнута в тугé кільце вервечка. Вервечка з потемнілих од часу і відполірованих тривалим перебиранням пальцями намистин у вигляді людських черепів. Клянуся, це та сама вервечка, що я її бачив у Содном-лами! Я взяв її в руки, і вона сама — щоб я просто тут ще глибше під землю провалився, якщо брешу! — вона сама накрутилася мені на ліву руку! Зап'ясток відчув теплі кісточки — теплі, ніби вервечка не лежала щойно на холодних дошках, а грілася на руці старого йогина!

— Ніфіга ж собі! — ахнув Беліґ. — Це ж вервечка старого Соднома! Один в один вона!

Ми приголомшено мовчали. В тиші чулося тільки потріскування факелів.

— Усе, треба вилазити. Скоро ранок, нас уже, мабуть, шукає з ліхтарями весь монастир. Лізь перший! — великодушно дозволив Беліґ.

— Правильна думка, — погладив я вервечку. Хоч вигляд вона мала моторошний, однак тепло її заспокоювало. Мені

---

[1] *Доржийн Агбáн* (*Аґвáн Доржи́єв* — рос.; ཊྙགས་དབང་བློ་བཟང་, *Ngag dbang Blo bzang* (Агбáн Ловсáн) — тиб.) (1853–1938) — бурят-монгольський буддійський лама, вчений і дипломат. Наставник Його Святості Далай-лами XIII Тхубтéн Ґ'яцó, особистий представник Далай-лами в Російській Імперії. Засновник та ініціатор побудови монастиря *Дацáн Ґунзечойнéй* у Санкт-Петербурзі. Арештований радянською владою 1938 року. Помер у тюремній в'язниці в Улаан-Уде.

не терпілося потрапити в дацан і розповісти про все, що ми бачили, а особливо про нефритового Будду.

Я визирнув у лаз і оцінив, що з факелом лізти буде важко — протяг віяв назустріч і збивав полум'я прямо в лице. Певно, десь тут були вентиляційні отвори, якщо повітря так циркулювало. Але нам було не до вивчення вентиляції. Не терпілося вибратися з нори назовні.

Однак зробити це виявилося непросто. Заважала не тільки темрява. Лаз ішов догори під досить крутим кутом, а дошки були гладенькі, і лізти було просто неможливо! Одна річ — ковзати по дошках униз, і геть інша — видряпуватися нагору! Я впирався ліктями й колінами, впирався спиною, але чи то від утоми, чи від вражень, але ноги й руки трусилися, не тримали, й піднятися вдалося не більше, ніж на два метри — а це навіть не чверть шляху! Я безсило сповз униз.

— Ану дай я спробую! — Беліґ віддав мені факели й поліз у темний лаз. — Підштовхни мене!

Я встромив факели в щілину між дошками підлоги й підставив руки. Другові черевики впресувалися в мої долоні, і я застогнав — неймовірно саднили криваві мозолі.

— Ну що, лізеш?

У відповідь почулося тільки натужне пихтіння. Через кілька секунд Беліґ вивалився з лазу.

— Якась дупа. Не можу — і все. Нема в що ноги вперти. Якби не це, то можна було б вилізти...

Цієї миті погас перший факел.

— Щось мені це не подобається... — пробурмотів я.

— Я ще раз спробую! — і Беліґ знов поліз у темну діру в стіні.

— Ти ногами впирайся, а руками підтягуйся!

— Я пробую!

— Ногами сильніше, а долонями підтягуйся!

— Я стараюся!

— Старайся краще!

— Сам лізь, якщо такий розумний! — Беліґ активно зашкрябав ногами й руками.

Раптом пролунав гуркіт, і мій товариш виїхав з нори. Одразу за ним посипалися камінці й земля, потім вилетіла одна довга дошка.

— Що? Що сталося? Що, чорт забирай, сталося?! — я схопив факел і заглянув у дірку, але побачив тільки пил, каміння, землю й ще одну дошку, яка торцем ледь чи не впиралася мені в лице. Полум'я факела більше не відхилялося від лазу.

— От же ж лайно! — тільки й устиг сказати я.

І останній факел погас.

ПЕРЕДЧУТТЯ БІДИ

Незважаючи на пізню годину, в монастирі ніхто не спав. Людей було багато — крім лам та учнів, прийшли ще й місцеві селяни. Усі зібралися на площі перед Цоґчен-дуґаном.

— Ми шукаємо двох наших послушників. Востаннє їх бачили одразу після фальшивої пожежної тривоги сьогодні вранці! — оголосив хамбо. — Звати їх Доржо і Беліґ'то, вони учні шановного *емчі*-лами Чімітдоржа!

— Це тому приїжджала міліція? — спитав хтось із натовпу. — Хлопці щось накоїли?

Народ загомонів. Верховний лама підняв руку. Гомін одразу стих.

— Ні, міліція була тут через фальшивий виклик. Більше я нічого, на жаль, сказати не можу.

— Що нам треба робити?

— Я відряджу лам у всі навколишні села. Треба обійти будинок за будинком, вулицю за вулицею, піднімати людей і питати, чи вони не бачили дітей. Зараз моя канцелярія роздасть усім фотокартки хлопців.

— Міліцію треба викликати! — знову вигукнули з натовпу. Хамбо й оком не кліпнув на таку пропозицію.

— Я цілком покладаюсь на *Са́нґху*¹!

— А це правда, що Содном-лама нас покинув у цьому світі? — питання було поставлено так делікатно, що хамбо, який зазвичай уникав публічних обговорень внутрішніх монастирських справ, несподівано відповів:

— Так, це правда. Содном-лама на шляху до Ясного світла². Ми знайшли його тіло в позі медитації. *Ом Мані Па́дме Хум!*

— *Ом Мані Па́дме Хум!*³ — відгукнувся майдан.

---

¹ *Са́нґха* (संघ, saṃgha — санскр.) — дослівно: «зібрання, множина». Буддійська громада. У широкому сенсі — спільнота вірян.

² *Тукда́м* (ཐུགས་དམ, thugs dam — тиб.) — дослівно: «посмертна медитація». Особливий посмертний стан, у якому може перебувати досвідчений йогин-практик. Незважаючи на факти клінічної смерті, як-от припинення серцебиття та зупинку дихання й кровообігу, тіло йогина не розкладається і протягом кількох тижнів чи навіть місяців зберігає властивості живого тіла, аж до остаточного виходу свідомості.

10 жовтня 2002 року експедиція на чолі з XXIV Пандіто хамбо-ламою Дамбо́ю Аюше́євим підняла в місцевості *Хухе́-Зурхе́н* саркофаг (*бумха́н*) з тілом XII Пандіто хамбо-лами Даши́-Доржо́ Іті́ге́лова (1852–1927) (перебував у титулі з 1911 по 1917 роки). Даши́-Доржо́ Іті́ге́лов у останні свої роки доклав чимало зусиль, щоб запобігти розграбуванню монастирів більшовиками.

15 червня 1927 року Іті́ге́лов почав читати сам собі поминальну молитву «*hуга́ Намши́*», увійшов у стан глибокої медитації і був похований учнями в кедровому саркофазі. Двічі кедровий куб виймали з поховання: 1955 року, під керівництвом XVII Пандідо хамбо-лами Лубса́н-Німа́ Дарма́єва, і 1973 року, з участю XIX Пандідо хамбо-лами Жамба́л-Доржі́ Гомбо́єва.

У 2002 році Іті́ге́лова після спеціального обряду перенесли в монастир Даши́ Чойнхорлі́н. Санґха дозволила вченим дослідити тіло.

³ *Ом Мані Па́дме Хум!* (ༀ་མ་ཎི་པདྨེ་ཧཱུྃ, Om Mani Padme Hum! — тиб.) — найвідоміша мантра у буддизмі Махая́ни. Мантра Будди Авалокітешва́ри. Складається із шести складів, котрі часто перекладають як «О, перлина у лотосі!». Далай-лама XIV Тенцін Ґ'ятсо́, котрий вважається земним втіленням Будди Авалокітешвари, пояснює, що ця мантра символізує чистоту тіла, промов і розуму Будди.

Перший склад: *Ом* (ༀ) — сакральний звук, вібрація. Мантра належить до так званих «містичних формул».

Другий склад: *Мані* (མ་ཎི) — означає «коштовність», або ж «перлину». У складі мантри співвідноситься з прагненням до пробудження. →

Лами-розпорядники вже почали формувати загони добровольців-пошуковиків, коли до верховного лами підійшов Чімітдорж.

— Я відчуваю, що треба йти в напрямку священної гори Баян-Тогод.

— Що ти ще відчуваєш? — тихо спитав хамбо.

— Відчуваю, що вони в темряві. У якомусь замкненому просторі. Біля них незліченна кількість будд, і краще нам поспішити!

— Але на мапі, як я пам'ятаю, є ще й озеро...

— Ні, — твердо заперечив старий лікар. — Мої хлопчики там, біля гори. А точніше *під* нею.

Хамбо стривожено підняв очі на Чімітдоржа. Повисла моторошна пауза. У Балда́н-лами випав з рук олівець.

Ми сиділи в непроглядній темряві й намагались усвідомити, в якого масштабу халепу вскочили.

— І що тепер? — пригнічено спитав я.

— А от хрін його зна, — відповів по суті Беліґ.

— Темно.

— Сірники ще є?

Я взяв сірника й черкнув голівкою об шорсткий бік коробки. Вогник вихопив з темряви обличчя Беліґто, і я зойкнув — так моторошно блищали очі мого друга.

— Не витрачай сірників, — вдаючи спокій, вичавив Беліґ. Але голос його тремтів, і цей тремор наче електричним струмом передався мені спочатку в руки, а потім і в усе тіло.

Третій склад: *Падме* (པདྨེ) — буквально означає «лотос», або ж «квітка лотоса», і співвідноситься з мудрістю.

Четвертий склад: *Хум* (ཧཱུྃ) — сакральний звук, вигук. Також, як і «Ом», не має конкретного значення. Співвідноситься з нероздільністю практики Вчення й мудрості.

Я задрижав, зуби заклацали. Тремтячими руками я запалив наступного сірника.

— Т-треба щось п-підпалити...

— Н-нап-приклад? — мій товариш теж заїкався.

— Ну... Може, якусь ганчірку намотати на палицю.

— Ганчірка сама не горітиме. От якби був папір...

— Є, — мені в голову прийшла страшна думка. — Книги.

— Ти що! — Беліґто украй не сподобалася моя відповідь. — Не можна палити книги. Може, є ще щось, крім книг?

— Є тханґки на папері.

— Теж ідея якось не дуже. Де твій ніж?

Я намацав у кишені ножа.

— Ножем можна нарізати тонких трісочок — скіпок — і їх палити.

Ми наосліп знайшли палиці від факелів, і я спробував відколоти ножем тоненьку тріску.

Урешті мені це вдалось, і третім сірником я її підпалив. Скіпка весело затріщала. Ми ще раз оцінили розміри руйнувань.

— Якщо копати вгору, можна пробити тунель,— посопівши, сказав Беліґ.

— Руками?

— Ножем!

— Цікава ідея.

— Нам треба звідси вибиратись.

— Як ти гадаєш, коли нас шукатимуть?

— Та вже, мабуть, шукають...

— Угу.

— Слухай, Доржо... А хто-небудь знає, куди ми пішли?

Мене мов блискавкою вдарило. Дихати стало важко, наче на груди всівся ведмідь.

— Н-ні...

— От лайно лайняцьке! Точно! Ми ж нікому не сказали! Конспіратори чортові! Ми й мапу із собою прихопили! — Беліґ зареготав.

Мені стало страшно — а що, як мій бідолашний товариш з'їхав з котушок? Гарна перспектива — бути похованим під землею з божевільним!

— Слухай, а тут є повітря? — нареготавшись, спитав Беліґто.

— Ну, ми ж дихаємо...

— Я маю на увазі, що тут був протяг перед тим, як нас завалило! Бачив, як полум'я сюди затягувало?

Скіпка згасла. Я запалив ще одну і подивився на танцюючий вогник.

— Якось він так хаотично...

— Але він горить! І яскраво горить! Значить, повітря сюди далі надходить! — з фізикою у мого товариша було все у порядку. — Ану дай мені...

Беліґто взяв у мене палаючу тріску й почав пильно оглядати стіни й стелю. Так і є! На протилежній од входу стіні, по кутах, чорніли квадратні отвори, зсередини також викладені дощечками. Тільки розміру такого, що туди заледве чи й руку протиснеш. З цих отворів і йшло свіже повітря. Це нас трохи заспокоїло — принаймні не задихнемось. Поки що.

Через пів години після початку зборів великий пошуковий загін вирушив у напрямку села Іволгинськ. Очолювали групу сам хамбо та Чімітдорж. Незважаючи на поважний вік, пізню годину і втому, старі ченці йшли з такою швидкістю, що за ними насилу встигали молоді здорові чоловіки.

— Содном не міг отак просто відправити хлопчаків на небезпеку... — бурмотів хамбо. — Що за череп? Навіщо копати? Причому тут рубін і сапфір? Балдан!

— Я тут! — Вінні-Пух, що тяжко котився позаду, сопучи й пихкаючи, геть як його мультяшний тезко, ледве догнав жилавого й худорлявого хамбо.

— Підніми на ноги прокурора Покацького, попроси його вийти на тих *мангадхáїв*[1], що сидять у жовтому домі[2], хай дістануть усі архіви, які стосуються Ґандан Чоймпеллінґ та арешту Содном-лами. Зроби це негайно, зараз.

— Ламбагай, зараз друга ночі...

— Ти чув мене.

— Так! — і Вінні-Пух підтюпцем побіг назад, у монастир.

Чімітдорж не виявляв найменших ознак неспокою. Він твердо крокував уперед, немовби точно знав, де шукати пропажу.

— Як думаєш, що могло бути зашифровано на мапі? — спитав верховний лама.

— Гадки не маю, — рівним голосом відповів старий лікар. — Але точно знаю, що Содном пішов од нас спокійно. Він сказав моїм хлопцям: «Час настав». Тепер я розумію, який саме час настав.

Хамбо промовчав. Він чудово розумів, про що говорить Чімітдорж, бо вже й сам гостро відчував — його час теж на підході. Йому йшов вісімдесят третій рік, і здоров'я, підірване в радянських таборах, давалося взнаки.

— Я думаю, Содном хотів, щоб хлопці щось знайшли. Щось таке, про що знав тільки він один.

— Але чому мої хлопці? Чому він не сказав мені чи тобі?

— Ти сам пройшов через це, Чімітдорж. Думаю, ти розумієш, про що я. Часи, коли на тебе міг донести будь-хто, навіть твій же учень, залишають дуже тяжкий спадок. Либонь,

---

[1] *Мангадхáй* — чорт.
[2] Будинок КГБ Бурятської АРСР.

С одном із самого початку не збирався видавати свою таємницю. Пам'ятаєш, що ми говоримо про Просвітлення? За ним не потрібно гнатись. Будда сказав: «Того, кому потрібно, воно знайде само».

— Я маю надію, що Дорж і Беліґ то знайшли те, що шукали. Я це відчуваю. А ще я відчуваю, що їм потрібна допомога.

Ми сиділи в темряві й готувалися до останнього бою. Я стискав у руках ножа, як останню надію на порятунок. Ніж «хутаґа» — маленький, лезо викуване з автомобільної ресори, руків'я кістяне. Мені його подарував мій наґаса, коли мені виповнилося сім років. Пам'ятаю ґвалт, який був здійнявся через цього ножика. Бабуся обурювалась: «Ти, непутящий, нащо ти дав дитині ножаку?! А якщо воно поріжеться?».

Для розуміння масштабів проблеми скажу, що бабуся, аби я часом не застудив горло, розтоплювала мені в каструльці морозиво! У каструльці! І поки мої брати й сестри смакували холодну білу радість, я мусив пити ту солодку теплу бурду! До речі, в нас тоді продавали два види морозива — у вафельному і в паперовому стаканчиках. І те, й те за смаком нагадувало несвіжий заморожений кефір з цукром. Але для мене існувала істотна різниця між замороженим кефіром з цукром і нагрітим до кімнатної температури кефіром з цукром!

Ножика я беріг і доглядав — гострив лезо двома видами точильного каменя, правив об шкіряний ремінь до такого стану, що ніж легко і з хруском розрізав тонкий газетний папір. А тепер я готовий був пустити свого маленького друга в бій, розуміючи, що, скоріше за все, цього бою він не переживе.

— Ну що, погнали? — сказав я, і в ту ж секунду Беліґ запалив скіпку, а я накинувся з ножем на завал.

По дорозі до священної гори люди стукали в будинки селян, піднімали небайдужих, і таким чином дізналися, що дехто бачив двох хлопчаків, які «йшли копати черв'яки».

Рятувальна експедиція прибула до підніжжя сопки Баян-Тогод на світанку. Розділившись на дві групи, люди метр за метром прочісували околиці гори. Піднявшись на рівень трьох скель на південно-східній стороні, одна група натрапила на свіжий розкоп.

— Схоже, вони таки знайшли вказане на мапі місце, — сказав хамбо, дивлячись на купи каміння й ґрунту біля доволі глибокої ями. На дні ями валялись кайло й лопата.

— Земля ще свіжа, — сказав чоловік, що приєднався до пошуків у Іволгинську. — Або вони звідси пішли, або...

— ...Вони внизу, — кинув Чімітдорж.

— Не розумію... Як це «внизу»? — не второпав верховний лама.

Чоловік зістрибнув униз, щоб дослідити розкоп.

— Тут є підземний хід! — здивовано вигукнув він. — Але він завалений!

— Викликайте рятувальників з цивільної оборони, телефонуйте в Улаан-Уде, негайно!

Руки мої були збиті в кров і вже не тримали ножа. Я відповз назад по свіжій землі, яку вдалося відколупати, щоб розчистити завал.

— Давай тепер я, — Беліґ узяв у мене липке від крові знаряддя й просунувся в лаз. Лезо з хруском входило в твердий ґрунт і скреготало об велике каміння. Ми не знали, чим закінчиться цей нерівний бій із землею, яка не хотіла віддавати скарби й воліла поховати нас разом з ними. Паніка минула, і прийшов холодний спокій. Відчуття страху й болю притупилися, поступившись місцем всепоглинаючому бажанню колупати й колупати твердий ґрунт, доки рука не провалиться в порожнечу або доки ми не помремо.

Я сів і притулився спиною до стіни. Будди двома тисячами очей дивились, як Беліґто дістає каменюки із завалу — вони немовби теж чекали скорого звільнення.

І раптом я почув шепіт.

«Усе, я божеволію від перевтоми», — подумав я, коли почув голос Содном-лами, що лунав ніби зсередини голови: «Зупиніться».

— Беліґ?
— Що там?
— Стій!
— Що?
— Чекай! Завмри!
— Доржо?

Я рачки підповз до стіни з вентиляційними отворами.

— Чекай!..

Беліґто аж дихати перестав. Перше, що я почув, — переливчастий спів жайворонка, який бачив світанок раніше за всіх, бо був високо у повітрі. І голоси.

— По нас прийшли, — сказав я і відключився.

ТАЄМНИЦЯ СОДНОМ-ЛАМИ

Я прийшов до тями на лікарняному ліжку. Наді мною біліла стеля зі світильником, неонові трубки в якому деренчали так, що аж у зубах резонувало. Це противне деренчання проникало під ковдру, під одяг, наче той пісок з камінням... Я здригнувся від самої згадки про землю, що сиплеться за пазуху.

Руки були товсто перебинтовані й нагадували клешні велетенського краба.

— *Мэндээ, Доржо! Њонин?*

Я захихотів. Лежу тут невідомо де, щойно очі продер, а Вчитель так буденно питає мене про новини, ніби ми не в лікарні, а збираємось у храм на ранкову службу.

— *Мэндээ, багша! Хуу бараг!*

— *Эсээгши?*

— *Зорёолно гут?*[1]

— Де Беліґ?

---

[1] — Вітаю, Доржо! Новини? *(в сенсі, «як справи?»)*
— Вітаю, Вчителю, дякую, все в порядку!
— Втомився?
— Жартуєте? (бурят-монг.)

— Він у порядку, в сусідній палаті. Я щойно від нього прийшов.

Учитель усміхнувся, вийняв із сумки великий червоний рубін і поклав його на тумбочку біля мого ліжка. У мене одразу зіпсувався настрій.

— То ви все знаєте...

— Знаю, Доржо. І пишаюся вами.

— Ми стирили камінці й тханґку!

— Ви вернули тисячу будд, кількадесят рідкісних дорогоцінних книг, десятки зображень і головну святиню Кижингинської долини — Нефритового Будду!

— Ого!

— Добре, що на допомогу прийшли люди з Іволгинська. Вони за кілька годин розчистили майже весь лаз. Коли ми до вас докопались, ти був непритомний. Беліґто знепритомнів уже на ношах.

— Останнє, що я пам'ятаю, — голос Содном-лами. До речі, де він? Він уже знає, що ми розгадали його загадку? — засміявся я.

— Содном-лама на шляху до Ясного світла.

— Тобто? — не зрозумів я.

— Содном-лама вмер.

Ця новина приголомшила мене чи не більше, ніж той факт, що ми відшукали подарунок Далай-лами — Нефритового Будду. Я раптом заплакав, як дитина. Та я, власне, й був дитиною.

Раз по раз я прокручував у голові, наче плівку кінохроніки, наш перший і останній візит до Содном-лами. Ми боялись його і водночас тяглися до такого страшного, незрозумілого й загадкового. Він ніколи ні з ким не розмовляв, і всі думали, що він збожеволів. У його хаті не було електрики, він груби не топив навіть у люті сибірські морози, коли температура опускалася до мінус сорока градусів! Ніхто не знав, чим він харчувався, бо взимку стежку до його хати наглухо заносило снігом, а влітку вона густо заростала травою. Він був книгою, якої я вже ніколи не прочитаю.

Я мовчав, переживаючи втрату чогось незвіданого.

— Пам'ятаєш, що я тобі завжди говорив, Доржо?

— Не пам'ятаю. Ви завжди щось говорите!

— Дурник, — ледь помітна усмішка. — Відпускай те, чого не можеш відпустити...

— ...Не шкодуй за тим, що для тебе найдорожче, — я знав цю вчителеву мантру напам'ять. — Терпи те, чого не можеш витерпіти. І якщо ти після цього залишишся живий, ти будеш по-справжньому вільний!

— Правильно, — Чімітдорж примружив очі. — Смерті немає, Доржо. Вона так само миттєва, як і будь-яка мить твого життя. Раз! І її вже немає. Вона минула!

— Тобто?

— Не бійся смерті, Доржо. Бійся того, що не встигнеш зробити до тієї хвилини, коли вона прийде. А вона обов'язково прийде, Доржо. Тільки ніхто не знає, коли саме. Тому ніколи не шкодуй за тими, хто пішов. Не бійся смерті, бо за нею нове життя. Використовуй кожен день так, ніби це твій останній день. Люби. Кохай. Живи. Учись. Радій! Саме для цього ти прийшов сюди.

— А як же страждання, Вчителю? Ви ж самі казали, що любов, бажання і зв'язки породжують страждання!

— Часом їх відсутність, Доржо, приносить набагато більше страждань.

— Багша, ви знов говорите загадками!

Учитель ще раз усміхнувся.

— Ти, головне, запам'ятай, Доржо. А зрозумієш якось потім.

Виписали нас через тиждень. Ми були страшенно раді, бо лежати в лікарні, та ще й улітку — це така нудьга! Деколи здавалося, що це гірше, ніж сидіти в підземній пастці разом з монастирськими скарбами.

Першого ж дня у монастирі нас повели до хамбо, де ми розповіли всю історію з початку й до кінця. Усе, починаючи з того лютневого дня, коли Беліґто звернув увагу на дивну тханґку, і закінчуючи двадцять другим червня, коли ми потрапили в пастку під землею.

Ми розмахували руками, зображали один одного, перекривляли Кульбабку і Вінні-Пуха, показали, як Беліґ молився перед тим, як виколупати з ідамів коштовне каміння, розказали, як ми натрапили на Кірпіча, Цирю й Тумбу, про «копати черв'яки» і багато про що ще.

Чімітдорж з хамбо сміялися до сліз.

— От бешкетники, хоч книжку про вас пиши! — пожартував верховний лама. — Ну що, Доржо, напишеш книжку?

— Та яку там книжку! — буркнув я. — Де я, а де книжка, скажете таке... Мені хоч би з математикою впоратись, ні хріна в ній не тямлю!

Беліґ боляче наступив мені на ногу. Але чи то ченці не знали слів «ні хріна», чи то не звернули на тих уваги, але Чімітдорж раптом сказав:

— Ніколи не кажи того, чого ти не зможеш зробити. Бо ти не знаєш. А дізнатись можна тільки тоді, як спробуєш. *Ойлґбо ґу?*

Тут у двері постукали, і в кімнату вкотився Вінні-Пух. Круглолиций Балдан-лама хоч і намагався напустити на себе серйозний вигляд, проте все одно був кумедний.

— Балдан-ламбаґай! — хамбо жестом запросив Вінні-Пуха сісти. — Розкажіть хлопцям усе, що вам вдалося з'ясувати.

Балда́н-лама, який з того дня, а точніше, ночі, коли нас знайшли, займався архівним розслідуванням таємниці монастирського скарбу, відкашлявся й розкрив течку на зав'язках, що її він приніс із собою. І те, що ми дізнались, шокувало більше, ніж стаття про таємничих людей-страусів з одного африканського племені, які мають на ногах усього два пальці[1].

— Як ви вже знаєте, Доржо й Беліґ довідалися, що Содном-ламу 7 липня 1937 року були заарештували. Тоді в монастир зненацька, серед ночі, нагрянула чергова бригада з ДПУ Східно-Сибірського крайкому. Вони явилися по чергову порцію цінностей. Оскільки під'їзди до монастиря проглядалися добре, то найбільші цінності переважно вдавалося сховати в тайниках. Та не цього разу, — Вінні-Пух відкашлявся.

— Тобто раніше вдавалося уникати грабунків? — спитав Беліґ.

— Так, раніше ми виставляли пости на дорогах — такі хубараґи, як ви, стояли на всіх підходах, і потім швидко, за допомогою таємних знаків, передавали, мов по ланцюжку, тривожну звістку в монастир. А ченці вже встигали сховати найцінніше, — пояснив Чімітдорж. — Я не раз так чергував на дорогах.

— Але тоді, в тридцять сьомому, — продовжив Пух, — вони одразу конфіскували головну святиню дацану — Нефритового Будду, а разом з ним і тисячу позолочених статуеток бурханів, рідкісні тханґки і монастирську скарбницю. Люди з ДПУ Східно-Сибірського крайкому і Управління НКВС БМАРСР заарештували перших-ліпших, хто потрапив

---

[1] Цю статтю ми з Беліґ'то прочитали місяць тому, у травневому випуску журналу «Вокруг Света», №5/1989.

їм під руку. Це були Содном-лама й один учитель, якого звали лама Данза́н Рінчінов...

— Данза́н-лама був один з найкращих майстрів тхан´ґки, він навчався в бурят-монгольському *Гома́н-даца́ні*[1] ще до революції, — додав Чімітдорж.

— А за що їх арештували? — спитав я.

— Ніхто не знає, — знизав плечима Вінні-Пух. — У первинному протоколі, що його дістав для мене прокурор Покацький, зазначено, що Содном-ламу і Данзан-багшу затримано для супроводу та оформлення конфіскату, але в протоколі, оформленому в Улаан-Уде... — Вінні Пух надів окуляри, розкрив течку і знайшов потрібний папірець. — Тут уже картина геть інша! Тут ідеться тільки про Содном-ламу, якого тепер звинувачують у шпигунстві на китайську та японську розвідки і в підривній діяльності.

— Там є один дуже цікавий момент... — зауважив хамбо.

— Так! — Пух тицьнув пальцем у протокол. — Його звинуватили ще й у крадіжці в особливо великих розмірах, а також у вбивстві Данзан-лами!

У те, що Содном-лама міг щось украсти в особливо великих розмірах, а тим більше вбити старого Вчителя, я вірив найменше.

— Дивіться. У документах зазначено, що конфіскацію цінностей у монастирі Гандан Чоймпеллін´г провели 7 липня.

---

[1] *Гома́н-даца́н* — університет монастиря *Дрепу́н´ґ* (འབྲས་སྤུངས, 'Bras-spungs — тиб.; *Брайбу́н* — монг.) — один з найбільших буддійських університетських центрів монастир *Дрепу́н´ґ*, що з тибетської перекладається як «гора рису» (бо пірамідальною формою схожий на гору розсипаного рисового зерна), розташований за кілька кілометрів од тибетського міста Лхаса. Заснований 1416 року, він вважався найбільшим монастирем у світі — самих тільки ченців там проживало понад 10 тисяч. У *Гома́н-даца́ні* навчалося багато вихідців з Бурят-Монголії, серед них і Данза́н-лама.

А обвинувачення в НКВС висунуте аж 15 серпня. А що було в проміжку?

— Може, дорога... — припустив Беліґ

— Дорога з Улзито до Улаан-Уде в той час забирала приблизно три дні. І то, якщо не особливо спішити, — сказав Чімітдорж. — Мене вже везли таким маршрутом.

Вінні-Пух з виглядом Чингісхана обвів присутніх переможним поглядом.

— Завдяки Покацькому я потрапив у архіви жовтого дому, хоч і на один-єдиний день! — гордо промовив Пух. — І ось що я там знайшов: у пояснювальній записці конвойного старшини УНКВС Тарикова зазначено, що вони пізно ввечері 12 липня 1937 року зупинилися на ночівлю в селищі Онохо́й Заіґра́ївського аймаку. Скоріше за все, конвой напився, бо зупинились вони прямо в трактирі. А вранці обоз з вантажем і арештованими пропав. Випарувався!

Хамбо всміхнувся. Ми зачаровано слухали Вінні-Пуха, бо його розповідь здавалася нам крутішою за «Скарби Аґри» Артура Конан Дойла.

— Содном-лама з'явився в Управління НКВС наприкінці липня 1937 року уже сам, без Данзан-лами. При ньому були лише дві сандалові статуї: Хаяґріви і Ямантаки. І більше він нічого не привіз. Решти конфіскованих цінностей не було.

Ми з Беліґто перезирнулися — здається, ми почали розуміти, що сталося з рештою скарбів монастиря Гандан Чоймпеллінґ.

— Його катували аж до середини серпня. І закатували б до смерті, але комусь в Управлінні кортіло знати, де саме впертий монах заховав цінності. Тому 15 серпня на нього завели справу. На другий же день «трійка» приговорила його до розстрілу.

— А навіщо комуністам тибетські книги? — спитав я. — Та й статуетки ж не золоті, а позолочені. Я розумію, що скарбничка їм була потрібна — монетки різні, золото, срібло. Але будди?!

— Їх дуже дорого продавали або на Захід, або в Китай. За золото. Або за зерно. А зерно теж продавали. Комуністам потрібні були гроші, — пояснив хамбо, — багато грошей. А де їх узяти? Для них це було просто — пограбувати тих, хто гроші мав.

Цієї миті мій світ остаточно перевернувся догори дриґом. Той факт, що «трійка», тобто троє людей, без усілякого суду чи слідства може запросто винести смертний вирок, ніяк не вкладався у мене в голові. Ну ніяк не міг я цього зрозуміти.

Проте я зрозумів, що історія може бути болючою і несправедливою. Зрозумів, що підручники можуть брехати. А я ж завжди довіряв підручникам! Як же так?!

— Вони приговорили Содном-ламу до розстрілу, бажаючи на нього натиснути, — продовжував Балдан-лама. — Навіть виводили на розстріл. Але, видно, ніякого результату це не дало, і він пішов по етапу. Відомо, що за ним слідкували, у надії, що Содном-лама комусь розповість про скарби. Але марно. Він так нікому і не сказав.

— Тяжко йому було... — зітхнув хамбо. Він чудово знав, що довелося витримати Содном-ламі.

— А потім, у п'ятдесят третьому, по смерті Сталіна, Соднома нарешті випустили з табору, і він прийшов сюди, в монастир. Саме він умовив тодішнього хамбо Дармаєва написати прохання повернути монастиреві статуї Хаяґріви і Ямантаки. І саме він повісив у головному храмі цю тхангку з таємничим написом, якого ніхто не розумів.

— А що сталося з Данзан-ламою? — я не міг вгамуватися.

— Він тоді вже був старенький, Доржо, — Чімітдорж примружив очі, ніби намагався в умі полічити, скільки років було старому майстрові тханґки. — Я ще був малий, як він уже ходив з ковінькою. Про нього багато говорили, він же був з роду Харґана...

— Кречет!!! — заволав Беліґ. — У нижньому кутку тханґки був намальований кречет!

— Кречет — це тотем Харґана...

— То ту мапу намалював не йогин! Її автор — Данзан-лама!

— І, скоріше за все, Доржо, в руках ви тримали його череп... — сказав Вінні-Пух. — Лами-тханґкописці були майстрами з тайнопису, шифрів і загадок. Вони вміли зашифровувати зміст так, що не кожен міг здогадатися. Цілком можливо, що майстер передчував смерть і заповів свій череп для охорони схову.

Ми приголомшено мовчали.

— Після того як Содном засипав тайник, він сховав і мапу, щоб одного дня перенести її в наш монастир...

— Виходить, хамбо Дарма́єв був у курсі? — спитав Беліґ.

— Може, й був, — відповів Чімітдорж. — А може, й ні.

— Ламбагай! А що заважало Содном-ламі одразу розповісти хамбо про скарби? — наївно спитав я.

— Ех, Доржо... — Учитель ледве стримував усмішку. — Пам'ятаєш, що сказав вам старий йогин, коли ви до нього прийшли?

— Так. Пам'ятаю. «ЧАС НАСТАВ».

ЗАМІСТЬ ФІНАЛУ

— Багша, а чому ми вчимо молитви тибетською? Ото навіщо вивчати мову, якою ми не говоримо?[1]

— Сутри було написано тибетською мовою майже тисячу років тому. Перші перекладачі, Марпа і Міларепа, перекладали традицію *Махамудри*[2] безпосередньо від великих Учителів з Індії, батьківщини Будди Шак'ямуні. Вони і принесли Ваджраяну в Тибет. Тому тибетська мова — це спосіб збереження релігійної традиції.

— А чи не простіше поперекладати все бурятською чи російською? Тоді для прочитання сутр не треба було б учити ці кляті «мінґджи».

— Можна ще коневі колеса прикрутити, щоб швидше їхав! — усміхнувся Чімітдорж-лама. — Доржо, от як ти перекладеш російською поняття «*карма*»? А «*Сансар*»?

---

[1] Мова священних буддійських текстів вельми консервативна і суттєво відрізняється від розмовних діалектів.

[2] *Махамудра* (महामुद्रा, *Mahāmudrā* — санскр.; ཕྱག་རྒྱ་ཆེན་པོ་, *phyag rgya chen po* — тиб.) —дослівно: «Велика печать» (у тибетській традиції «*Чаґ Чен*») — духовне вчення шкіл так званого «Нового перекладу». Це школи Каґ'ю, Сак'я, Кадам (потім Гелуґ) тибетського буддизму, які утворились і розвивались на основі давніх буддійських текстів, перекладених у період з X по XIII століття перекладачами *Марпою* і *Міларепою*, а також їхніми учнями. Фактично, це основа всіх нині існуючих шкіл тибетського буддизму напряму Махаяна.

— Ну...

— Гну. Звісно, існує переказ усіх сутр бурят-монгольською. Це зробили вже наші, бурятські перекладачі для того, щоб прості люди розуміли, що читають лами в дацанах. І це дуже корисно. А потім, знаєш, як ото в народі кажуть? «Дві мови знаєш — удвоє більше талану буде. Три — утроє. Багато мов знаєш — безкінечна буде удача!» Тому сиди ото і вчись!

Як я був малий, то любив уночі лягати в степу на теплу, нагріту після гарячого дня землю і вдивлятися в небо. На відстані від міста, без світлового забруднення зірки в небі здавалися набагато ближчими й чіткішими. Інколи можна було навіть побачити рухому цяточку супутника.

І Всесвіт був безкінечний і неосяжний, мов сансара, де, неначе супутники по орбітах, обертаються наші душі.

Бо «космос» бурят-монгольською — «*сансáр*».

КІНЕЦЬ

Гартфорд — Нью-Йорк — Міннеаполіс
2020 рік

Зміст

Вступне слово 5

Пробудження 11
Дорж 13
Учитель 18
Беліґто 23
Таємничий напис 27
Айболить-Лама 31
Перший здогад 34
Брехня і зцілення 39
Червоний і синій 44
Страждання хернею 49
Казки старого лами 54
Содном-Лама 59
Магія, помста і задоволення 66
Чари не діють 73

Час настав	80
Думай	86
Здогад	90
Про що мовчать дхармапали	98
Розслідування	110
Без жодних докорів сумління	117
Операція «третє око»	124
Найвища точка найдовшого дня	130
Череп	140
Викриття	155
У пастці	165
Передчуття біди	180
Таємниця Содном-Лами	189
Замість фіналу	199

Дорж Бату (Андрій Васильєв) — український письменник бурят-монгольського походження. Громадянин США. Автор дилогії «Франческа. Повелителька траєкторій» і «Франческа. Володарка офіцерського жетона» та роману «Моцарт 2.0».

Народився і виріс в Бурятії, закінчив Бурятський державний університет. За освітою історик-сходознавець, спеціаліст з історії Китаю. Одружився з американською дизайнеркою українського походження Яриною Жук і 2002 року переїхав жити в Україну. Виховують двох доньок: Софію та Христину. Працював телевізійним журналістом на загальнонаціональних каналах «1+1» та «Інтер». Переїхавши до США, працював кореспондентом «Голосу Америки» та «ТСН». Член Медіакорпусу ООН. У 2013 році покинув журналістику і став працювати в авіакосмічній галузі. Нині Дорж Бату — математик, спеціаліст з обчислення траєкторій космічних апаратів.

Літературно-художнє видання

Дорж Бату

ТАЄМНИЦЯ СТАРОГО ЛАМИ

Художнє оформлення *Ярини Жук*

Головна редакторка *Мар'яна Савка*
Відповідальна редакторка *Оля Ренн*
Літературний редактор *Олекса Негребецький*
Художній редактор *Іван Шкоропад*
Технічний редактор *Дмитро Подолянчук*
Макетування *Альона Олійник*
Коректорки *Ольга Горба, Віта Євстіфеєва*

Підписано до друку 18.05.2021. Формат 60×84/16
Гарнітура *Rolleston Text, Rolleston Title*. Друк офсетний.
Умовн. друк. арк. 11,86. Наклад 3000 прим. Зам. № 21-178.

Свідоцтво про внесення до Державного реєстру видавців ДК № 4708 від 09.04.2014 р.

Адреса для листування: а/с 879, м. Львів, 79008

Книжки «Видавництва Старого Лева»
Ви можете замовити на сайті starylev.com.ua
📞 0(800) 501 508 ✉ spilnota@starlev.com.ua

Партнер видавництва

Віддруковано на ПрАТ «Білоцерківська книжкова фабрика»
Свідоцтво серія ДК № 5454 від 14.08.2017 р.
09117, м. Біла Церква, вул. Леся Курбаса, 4.
Тел./Факс (0456) 39-17-40
E-mail: bc-book@ukr.net; сайт: http://www.bc-book.com.ua

У минулому Андрій Васильєв працював ведучим новин і готував репортажі з гарячих точок. А сьогодні він — оператор корекції траєкторій Центру керування польотами Національного управління з аеронавтики та досліджень космічного простору США.

Герої його книжки, працівники НАСА, відповідають за траєкторії і орієнтацію сателітів, а також за підведення космічних кораблів на підхідні орбіти до міжнародних космічних станцій. У часі космічних робочих буднів з Доржем, його напарницею Франческою, полковником Вескоттом, Сарою, професором Расселом та іншими постійно трапляються кумедні та незвичайні історії. Найчастіше у різні халепи потрапляє сицилійка Франческа. Усе, до чого вона торкається, вибухає, горить і розбивається... А космос близько.

Франческа повертається! Командний центр управління польотами НАСА чекає ще більше пригод та викликів. Джорджіо та Франческа стають героями власної бондіани, разом рятують світ й одне одного, отримують офіцерські звання та дізнаються, як правильно закручувати гайки.

Нова книжка Доржа Бату — це невигадані історії про дружбу, любов, толерантність, бійки, афери, спецоперації і навіть смерть. А також про те, що робота в команді — це не лише вміння добре робити свою справу, а й бути поруч у потрібний момент.

«Моцарт 2.0» — історія від Доржа Бату, автора українських бестселерів «Франческа. Повелителька траєкторій» та «Франческа. Володарка офіцерського жетона».

Уявіть собі — Моцарт у сучасному Нью-Йорку! Так-так, той самий, Вольфганг Амадеус. У сучасному місті його вражає і дивує усе: метро та галас, одяг, особливо жіночий, спосіб життя, звички й манери людей. Навіть вбиральні тут такі пахучі і красиві, наче у цісарському палаці. А ще, виявляється, сучасний рояль суттєво відрізняється від звичного Моцартові клавікорда... Та доведеться пристосовуватися, адже видатному композиторові хоч і випав шанс на нове життя, але дещо залишається незмінним — музика і Моцарт нероздільні. У цій книжці переплітаються вигадка й реальні та дуже цікаві факти про життя і творчість Моцарта, детективний сюжет за участі нової подруги композитора офіціантки Стейсі та роздуми про сенс життя. А завдяки дотепним ілюстраціям від Юлії Самелюк і QR-кодам із відеороликами, що розкривають секретики створення книжки, читачі поринуть в особливу атмосферу цієї історії.

«Лялька. Оповідання про дитинство» — збірка короткої прози сучасних українських письменників. Ці твори — яскраві та щемкі, ніжні, а часом й болісні. Вони про світ дитинності, коли все бачиться й сприймається так по-особливому.

13 різних історій про час і стан, коли лялька — найліпша приятелька, дерева високі-високі, а звичайні речі перетворюються на казкові.